푸른 봄을 삼키다

푸른 봄을 삼키다

詩裏收歸草木春

박제경
지음

이남종
이영주
김종준
서경호
엮음

일조각

嘉義大夫宮內府特進官荷江朴公行狀

公諱齊璟字景玉號荷江系出潘南高祖諱師大字伯昌曾祖諱履源
字綏之贈掌隷院掌禮有孝行祖諱宗兢字聖臨贈秘書承有遺稿考諱
仁壽字元汝贈內務協辦妣寶城吳氏重夑女潘南吾東巨閥世出名賢
高麗末大儒諱尙衷佐恭愍王官右文館直提學德行學文與圃牧諸先
生相埒世稱潘南先生入朝鮮朝贈領議政諡文正封錦城府院君生諱
訔號釣隱事太宗官至議政府左議政封錦川府院君諡平度五傳諱紹
字彦冑自號冶川官司諫少有求道志私淑寒暄先生親炙朴松堂其蘊
蓄進可以濟世退可以立言身在言地極斥奸凶反爲所擠遯跡鄉村不
幸早卒追贈領議政諡文康享華岩書院生諱應順字健仲宣祖懿仁王
后之父封潘城府院君贈領議政諡靖懿生諱東彦字仁起官司僕寺正
贈吏曹參判生諱潢號儒軒官司憲府大司憲於公爲八世祖公生於純
祖辛卯十一月十二日幼有異稟志氣高超及長就學勵志攻業先公每
以公輔期之高廟七年庚午公四十歲入文學薦丙子拜孝陵參奉又游
泮宮歲戊寅陞鐥工監副奉事庚辰除刑曹佐郎壬午拜甑山縣令同年

九月陞沔川郡守乙酉二月世子宮十二度應製入格直赴殿試三月及
第特授弘文館校理多有補闕丁亥歷任弘文館副應教南學教授司僕
寺正戊子除成均館司成庚寅六月除司憲府掌令兼摠御營軍司馬九
月陞通政拜戸曹參議壬辰除承政院同副丞旨丁酉出任保寧奉職順
理二年政績成民被德化去後樹碑以誌功德其碑至今留焉壬寅五月
皇帝入耆社時陞嘉善命宮內府特進官七月命掌禮院少卿純宗四年
庚戌陞嘉義其間除嶺伯北伯箕伯內閣提學兵判吏判等內外重職每
上疏乞解職其疏錄於文稿但年譜不備不能詳之實爲可惜公起家雖
晚中年以後累任清要奔走內外可謂老益志壯矣平生結交名流與金
相公蓉庵金相公嘉溪相論道義優待藝士嘗與徐秋帆酬和是人卽得
名蝶畵者也雅好山水境守蘇州時趁閑訪勝鼇川八境各得題詠又求
田家樂居沔川時茨墅蒙山躬把鋤犂田父野老共觴歡笑宛然好翁也
親教童孫戒之曰人而不學馬牛裾後裔承家範保靑氈實賴於公之薰
陶也公歷事高純兩朝盡瘁社稷三十餘年不幸値危國之際欲挽國步
難酬其志時賦時事以寄慷慨純敬王后弑害時作輓詞曰萬姓如喪妣
朝野盡蒼黃奸檜雖顯戮妖瞞尙逃亡淑靈何漠漠天討猶未行閔忠正
公殉節後靈筵及墓前幽竹自生感之而有作曰直哉閔公竹竝茂鄭公
竹又聞崔勉庵監禁於對馬島而書憤曰精神貫日扶危主氣節凌霜罵
遠夷可見其憂國赤衷當庚戌恥而感舊曰憶昔重修日漢陽文物開三
韓如掌運百粤稽顙來麥秀殷墟已黍離周室頹秋風西向哭萬事總成
灰云其痛嘆如之何無意於世歸隱於唐津閉門不出消磨歲月已睹國
亡何續生意不久而卒享年八十矣配贈貞夫人晉州柳氏監役來鳳之
女繼配淑夫人淸州韓氏俱有婦德生四男一女男長薰陽成均進士次

蓍陽出系仲父后次荀陽朝奉大夫藝文館司猛次莘陽成均進士女適
全州李泰夏薰陽有一男三女男勝紀女適海州吳廷根全州李琮夏西
原韓繪洙荀陽有一男勝洛莘陽有二男三女男長勝河次勝海女適安
東金炳成光山金容國坡平尹芝炳勝紀男春緒勝洛男南緒勝河男興
緒永緒餘不盡錄於乎公以剛直之性深邃之學若遇於昇平之世則可
以得伊呂之勳而因國祚之否塞群奸之弄權未能展布所蘊竟抱失國
之恨而終一生其自憤曰我有一長劍寒光射斗牛何當獻丹陛斬斷佞
臣頭云則公之平生意氣以此一詩可以揣之有文稿六卷存於奎章閣
其頒教文進香文及上尊號玉冊文博雅典重可以知公之獨擅當代文
翰而至於致詞樂章則列朝作者難見其右可謂堪登清廟者也作詩特
致力篇數近九百吾友葛山前年國譯而問世披閱則有清麗者有峻拔
者咸吐眞情又含深慨篇篇耐嚼誠是大手作也余嘗論之曰爲國憂惕
者吐少陵腸居田自適者追彭澤步也將來應有具眼者之品鑒矣日公
之玄孫贊九氏見訪而請狀德之文顧予與公隔代已久高躅無以親接
何敢當是役辭以非人而不獲且嘗讀公詩而深慕風裁不揆潛妄綴其
來錄而檃括如右以期夫立言君子考據之資耳

丙戌年黃鐘月下澣日
文學博士首爾大學校教授眞城李永朱謹狀

朴齊璟 閑寂詩選을 읽으며

한적시(閑寂詩)란 현실의 번잡한 세계와 일정한 거리를 두면서 자연과 산수를 벗 삼아 시인의 심상을 또렷이 드러내는 시를 말하며, 한시(漢詩)의 여러 장르 중에서도 서정성에선 가히 으뜸이라 할 만하다. 한적시는 산, 구름, 나무, 물, 화초 등 자연과 더불어 한적한 시골의 풍경, 그리고 그 풍경이 품은 소박한 사람들을 주된 소재로 삼는다.

사전에서 '한적(閑寂)'을 찾아보면, '한가하고 고요한', '조용하고 쓸쓸한'으로 풀어놓은 것을 확인할 수 있다. 그러나 사전의 풀이로는 한적시의 의미를 제대로 담아낼 수 없다. 시에서의 '한적'은 '시간이 남는다' 정도의 뜻보다 훨씬 더 깊은 정서를 포함한다. 예를 들면, '매인 것이 없다', '자유롭다', '느리게 산다', '고요히 머문다', '조용히 깨닫는다', '천천히 바라본다'와 같이 상황에 따라 그 서정성은 훨씬 더 폭넓게 변주된다.

동서고금을 막론하고 시의 아름다움이 '세계와 감흥하는 시적 자아의 울림'에 있다면 한적시야말로 이 점을 가장 도드라지게 보여주는 장르라 할 수 있다. 그것은 하강 박제경이 남긴 수많은 시편에서도 분명히 확인할 수 있는 지점이다.

무엇보다 하강의 한적시는 아름답다. 그 아름다움의 기원을 살펴보자면, 학문의 깊이, 언어를 조탁하는 솜씨, 틈만 나면 붓을 드는 성실함 등 여러 갈래의 다양한 원천과 더불어 박제경이 처한 정치적 환경도 한몫했음은 틀림없는 사실이다.

박제경은 쇠락한 조선이 겪는 혼란 속에서도 고종의 곁을 지킨 충신이었다. 그럼에도 임금의 덕(德)과 선비의 충(忠)을 바탕으로 조선이 다시 부강한 나라로 발전하리라는 그의 바람은 끝내 이뤄지지 않았다. 거대한 시대의 흐름은 한 개인이 짊어지기에는 너무나 큰 격랑이었다. 박제경은 이렇게 세상으로부터 받은 좌절감을 시로 승화하는데, 그 출발점은 바로 '자연과 마주하는 자아'였다.

여기에서 자연은 세상의 먼지가 소멸한 곳이며 바로 그러한 시공간은 한적시의 출발점이기도 하다. 한적시는 역설의 미학이라 할 만한데, 이는 유가(儒家)의 공업(功業) 사상과 깊은 연관이 있기 때문이다. 중국에선 당나라와 송나라를 거치며 유학사상이 주류 이데올로기로 자리 잡게 된다. 우리도 고려 때부터 유가의 광범위한 영향 아래 놓이기 시작해 조선 시대엔 나라의 바탕을 이루는 사상으로 굳건히 뿌리를 내렸음은 주지의 사실이다.

거칠게 말하자면 유가의 지향점은 태평성대(太平聖代)에 있으며, 선비란 자고로 '있을 것이 제자리에 있는 조화롭고 이상적인 사회'를 향해 끝없이 수신(修身)하는 사람이어야만 했다. 그러나 이러한 이상은 정치적으로도 사회적으로도 늘 현실과 길항하기 마련이었다. 그렇다면 현실 정치에서 뜻을 펼치지 못한 선비들은 어떻게 해야 했을까. 당연히 이들의 수신(修身) 방법은 '읽기와 쓰기'였고 그 핵심엔 늘 시(詩)가 자리했다. 자연스럽게 이들이 천착한 대상은 먼지와도 같은 세상에서 모든 것이 조화로운 자연으로 옮아갔으며 사회적 자아가 아닌, 서정적 자아가 시를 이끌었다. 심상으로 마주한 세계가 이들의 붓끝에서 아름다운 시로 재창조된 것이다. 즉, 시문(詩文)이 공업(功業)의 한 방편으로 자리 잡게 된 것이다.

현대적 의미로 문학은 결핍을 먹고 자란다고 한다. 그렇다면 한적시야말로 유구한 한시의 전통에서도 가장 문학성이 높았음을 이해할 수 있다. 그 대표적인 시인으로는 도연명(陶淵明), 백거이(白居易), 소식(蘇軾) 등을 들 수 있다.

이들은 자유롭고 한가로운 정취를 읊었다는 면에서 공통점을 가지지만 차이점도 있다. 도연명은 자연 그대로를 담담하고 소박하게 노래했고, 백거이는 통속적인 언어를 이용해 누구나 쉽게 다가갈 수 있는 시풍을 만들어냈으며 '물욕 없음의 세계'를 그 누구보다 잘 형상화했다. 소식은 여기에서 한 걸음 더 나아가 심미적인 자아를 적극 개진하며 물아일체의 세계를 꿈꾸었는바, 소식만의 개성이 도드라진 주옥같은 명시를 남기게 된다.

하강의 한적시 또한 이러한 시인들의 영향 아래에 있다. 차이가 있다면 하강이 포착한 서정의 대상이 우리의 산하, 우리의 꽃과 나무라는 데 있다. 그리고 무엇보다 조선 말기의 어지러운 현실에서 바람 앞의 촛불처럼 흔들리는 나라를 걱정하는 한 선비의 무기력함이 죄 없이 평화롭고 자유로운 자연과 더불어 시로 승화된다.

해마다 변해가네 세상이여	人世年年非舊事
산이 있으니 산으로 돌아올 일	有山何事不歸山
벼슬 내려놓고 그저 통나무 아래 눕는다	休官臥穩衡門下
산은 자유로워 나 또한 그러하다	山自閑時我亦閑

하강의 시 〈還山: 산에 들다〉의 전문이다. 말 그대로 지식인의 절망 속에 숨겨진 시적 정서가 물씬 느껴지는 작품이다. 박제경의 연보에 따르면 그의 정치적인 여정은 고종의 부침과 궤적을 같이 함을 알 수 있다. 구한말 고종은 대원군과 명성황후 사이에서, 그리고 청나라와 러시아, 일본 사이에서 힘겨운 줄다리기를 하며 끝내 나라를 빼앗기는 비운의 왕이 되고 말았다. 아마도 박제경의 생애를 추측건대 그는 궁중의 문장을 담당하고 세자를 가르쳤던 학자로 고종 곁에서 정치적인 색깔을 띠기보다는 그저 묵묵히 고종을 보필하던 충직한 신하에 가까웠던 듯싶다. 따라서 그의 벼슬살이도 순탄치만은 않았으며 지방에 내려가 지내는 때도 잦았던 듯하다. 이러한 현실 상황은 오히려 하강 한적시의 밑거름이 되는데, 그의 대표적인 한적시에 산과 호수가 주로 등장하고, 충남 당진과 보령 등지의 영보정(永保亭), 능허각(凌虛閣)이 자주 등장하는 것도 결코 우연이 아니다.

12

몇 해인가, 남쪽으로 돌아온 지	問我南歸今幾霜
섬돌 옆 노란 국화, 피었다 지길 열 번	坐看階菊十番黃
머리맡 귀뚜라미 가을을 재촉하고	床頭蟋蟀催寒候
해 질 녘 울타리 끝엔 추위에 떠는 잠자리	籬末蜻蜓立晚涼
혼자라지만, 시를 노래하니 견딜 만하고	客去孤吟耐荒寂
늙은이의 살림살이 풍년 덕 좀 보려는가	老來生計幸豊穰
밖에 나가 고기잡이 노인에게 부탁하리	出門更向漁翁說
달밤 서쪽 호수에 배 한 척 띄우자고	管領西湖月一航

이 시의 제목은 〈還山作: 다시 산으로〉로 여기에서 산은 속세가 아닌 이상향을 상징하는 어떤 곳이며, 국화가 열 번이나 피었다 지는 동안, 그러니까 역설적으로 시인은 아주 오랫동안 그 속에 묻혀 살았음을 알 수 있다. 하강의 한적시를 읽다 보면 현실 정치가 어려워질수록 자연과의 대면은 미학적으로 더욱 첨예해짐을 확인하게 되는데, 이 시에서처럼 찾아오는 이도 없이 귀뚜라미 울고 잠자리도 추위에 떠는 쓸쓸한 가을날, 그 정적에 몸을 맡기고 '서쪽 호수에 배 한 척 띄우자'는 시인의 역설에서 우리는 먹먹한 아름다움과 마주하게 된다.

나이 들수록 시간만 덧없다	老去勿勿時物遷
시 짓고 해를 넘기고 또 시를 짓는다	聊將詩句送流年
지팡이는 뒤뜰에서 젖고	筇頭濕盡園中雨
산 아래 안개는 나막신에 묻어 온다	屐齒澹穿山下烟

새 우는 나뭇가지엔 골짜기의 봄, 아직 남아 있고　　谷口春殘黃鳥樹

흰 갈매기 날자 호수의 물은 하늘에 가 닿는다　　湖眉水接白鷗天

일없이 한가로운 늙은 이 몸　　此翁閑適渾無事

골짜기 솔바람에 기대 낮잠을 청한다　　一壑松風足晝眠

　하강의 한적시 중에서도 시적 묘사가 특히 아름다운 〈夏日雨中
登後麓: 산기슭의 여름비〉는 유유자적하고 호탕하기까지 한 시인
의 정서를 잘 보여준다. 지팡이는 뒤뜰에 내리는 비에 젖고, 산 아
래 안개는 산책하는 나막신에 묻어 온다는 표현에서 우리는 공간
인 자연과 하나가 된 시인의 모습을 발견하게 되는데, 시인은 공
간의 묘사에서 그치지 않고 나뭇가지에 남아 있는 봄을 찾아내 시
간을 거스르는 의식의 흐름마저 보여준다. 또한, 갈매기의 날갯짓
으로 호수의 물이 하늘에 가 닿는다는 표현은 그 자체로 아름다움
의 극치이다.

　세상이 주는 절망이 클수록 내면의 심상은 더욱 근원적인 것을
향해 나아가는 것이 문학의 한 본질인바, 박제경의 한적시 또한
그렇다고 할 수 있으며, 이는 100년이 훨씬 더 지난 지금의 독자
들도 그 아름다움을 누리기에 부족함이 없을 것이다. 특히 그중에
서도 한적시 100여 편을 골라 현대어로 번역해 따로 읽게 된 것은,
한편으로는 한시를 어렵게 여기는 현대의 독자들에게 한시 감상
의 즐거움을 소개함과 더불어 조선 말기 한 지식인의 내면을 들여
다보며 우리 삶의 조건을 반추하는 기회로 삼고자 했기 때문이다.

　하강은 지칠 줄 모르는 창작열로 수많은 시 작품을 남긴 인물이

다. 그중에서도 자신이 처한 상황을 극복하고 한자 문화권의 시 전통을 계승해 자신만의 시 세계를 승화시킨 주옥같은 작품들은 분명 주목받아 마땅하다.

荷江 朴齊璟의 생애

　박제경은 1831년 태어나 1911년 별세할 때까지 여러 관직을 지냈으며 특히 왕실의 문장을 담당했던 학자이다. 그가 살던 시기는 제국주의 시대의 절정기로 조선도 이 흐름에 쓸려 외세의 압력과 내부의 개혁 운동 등으로 나라 안팎이 매우 혼란스러웠다. 박제경은 이런 혼란 속에서도 선비의 도리를 다하며 왕조의 버팀목이 되어주었다. 그러한 사실은 그의 관직 생활과 저술 활동에서 잘 확인할 수 있다.

　박제경이 관직에 오른 것은 40세 때인 1870년이다. 그때까지 그는 부인인 진주류씨(晉州柳氏) 사이에 훈양(薰陽), 시양(蓍陽), 순양(荀陽), 신양(莘陽) 네 아들을 두었을 뿐 별다른 활동을 하지 않았다. 그러나 박제경은 1870년 세자시강원에서 세자에게 글을 가르치는 정5품 문학(文學)으로 등용된다. 이때 박제경을 추천한 이는 당대 세력가인 이유원(李裕元)이었다.

　이유원은 일찍이 홍선대원군의 정적이었고 홍선대원군이 물러난 뒤 고종의 친정 정국에서 영의정까지 오른 인물이었다. 이유원은 고종의 개화 정책을 적극 도왔으나 그 스스로 개화파는 아니었다. 어디까지나 보수적인 태도에서 개화 정책을 수용했을 뿐이었다.

이유원의 천거로 관직에 오른 박제경도 평생 크게 두 가지 원칙에서 벗어나지 않았다. 하나는 보수적 태도에서 개화를 수용한 점이고 또 다른 하나는 왕실에 충성을 다하며 고종과 끝까지 함께했다는 점이다. 1894년 갑오개혁 때부터 1896년 아관파천 때까지 고종은 사실상 권력을 상실하였고 왕실이 정상적으로 운영되지 못했는데 이 기간 박제경의 연보도 공백 상태이다. 1897년 고종이 경운궁으로 들어가 대한제국 선포를 준비하던 시점에 박제경은 다시 등장한다. 구본신참[1]을 표방하며 대한제국이 출범했을 때 박제경이 참여했던 것도 '보수적인 개혁'과 '고종에 대한 의리'라는 두 가지 측면 때문이었다.

박제경이 왕실의 문장을 본격적으로 담당하기 시작한 것은 1870년부터이다. 이미 박제경은 1857년에 순조비이며 안동김씨로 세도정치의 중심에 있었던 순원왕후(純元王后)의 진향문(進香文)을 지은 바 있지만, 1870년부터는 왕의 교서(敎書)를 담당하게 된다. 1870년에는 친경반교문(親耕頒敎文)을 지었고, 1874년에는 조

---

1 구본신참(舊本新參)은 '옛것을 근본으로 해 새로운 것을 참조한다'는 뜻으로 전통에 뿌리를 두고 서양 문명을 수용하자는 19세기 말 개화파의 기본 사상을 말한다. 1897년 대한제국 출범과 광무개혁의 바탕이 된 사상이기도 하다. 1880년 김윤식이 주장한 동도서기론(東道西器論)에 뿌리를 대고 있으나 1894년의 갑오개혁과 1895년의 을미개혁의 실패를 교훈 삼아 좀 더 전통에 무게를 두고 있다.

선 왕조의 마지막 황제인 순종의 탄생을 축하하는 원자탄강반교
문(元子誕降頒教文)을 저술했다.

　1878년에는 익종비이자 대왕대비인 신정왕후(神貞王后)의 칠순
을 기념하는 반교문과 철종비인 철인왕후(哲仁王后)의 별세를 애
도하는 애책문(哀册文)을 지었다. 다음 해에는 철인왕후 진향문을
지어 올렸으며, 나중에 신정왕후가 별세(1890)하자 역시 진향문을
올렸다. 1882년 임오군란으로 명성왕후가 지방으로 피신하였다
가 돌아왔을 때 지은 반교문도 〈하강문고〉 3권에 실려 있다. 이같
이 왕실 행사가 있을 때 박제경은 빠지지 않고 글을 짓고 있는데
이는 대한제국 때도 마찬가지였다. 1904년 당시 황태자비였던 순
명효황후(純明孝皇后)가 33세의 나이로 죽고, 1906년 윤택영(尹澤
榮)의 딸 순정효황후(純貞孝皇后)가 새 황태자비로 책봉되었을 때도
황태자비책봉교문(皇太子妃册封教文)을 지었다.

　1875년 여름과 1876년 초, 박제경은 초시와 복시에 합격하였
다. 그 뒤 효릉참봉을 거쳐 선공감(繕工監), 상서원(尙瑞院), 의영고
(義盈庫) 등의 부서에서 일하게 된다. 상서원이나 의영고는 모두
왕실 업무를 행하는 곳으로, 상서원은 국왕의 옥새, 옥보 등을 관
장하는 관서이고, 의영고는 궁중에서 쓰는 기름, 꿀, 과일 등의 물
품을 관리하는 관서이다. 1880년에는 철종비 철인왕후의 신주를
종묘로 옮기고자 임시로 만든 부태묘도감(祔太廟都監)의 낭청(郎廳)
으로 임명되었다. 1881년에도 청나라 사신을 맞이하는 영접도감
의 낭청, 종묘를 담당하는 종묘서의 영(令) 등의 벼슬을 지냈다.

　박제경은 52세가 된 1882년부터는 궁중을 벗어나 외직을 맡았

다. 평안남도 중산현령(甑山縣令)에 이어 충청우도 면천군수(沔川郡守)를 역임했다. 그런데 1883년 이조의 수령 평가에서 이재민들을 고려하지 않았다는 이유로 파면 조치가 내려졌다. 나중의 일이지만 1897년 보령군수로 있을 때 군민들의 칭송이 대단했었던 것에 비추어 보면 이 시기 평가가 좋지 않았던 데에는 무언가 다른 내막이 있었던 것이 아닌가 생각된다. 면천군수로서의 평가는 좋지 않았지만 이후 박제경은 이곳을 근거지로 삼게 된다. 몇 차례 홍문관 부응교(副應教) 등으로 임명되었을 때 신병을 이유로 사양했는데, 그때마다 면천에 있었던 것으로 확인된다. 하강의 시 작품 중에 면천에서 쓴 것이 많은 것도 같은 이유일 것이다. 또한 1981년에 편찬된 반남박씨세보에 따르면 박제경의 묘도 당진군 면천면에 있다고 한다.

파면된 박제경이 복권되는 것은 1885년의 일이다. 이 해 2월, 현재의 청와대인 경무대에서 성균관 유생을 대상으로 치러진 시험에서 전시(殿試)에 바로 응시할 자격을 얻었는데, 전시는 국왕이 친임하는 최종 과거시험을 말한다. 박제경은 3월 전시에 합격하고 4월 홍문관 교리(校理)로 특별 임용되었다. 홍문관 교리는 문필과 언론 활동을 담당하는 정5품 관직이다.

1880년대 후반 활동에서는 1886년 중학교수(中學教授), 1887년 남학교수(南學教授) 겸 경학원교수(京學院教授)를 맡은 점이 주목된다. 중학과 남학은 당시 관립중등교육기관인 사학(四學) 중 하나였다. 또한 경학원은 유학 교육의 진흥을 위해 성균관 내에 설치된 기구이다. 1880년대에는 동도서기론에 따른 부국강병책의 일

환으로 교육 개혁이 추진되었다. 즉 육영공원, 배재학당, 이화학당 등 신식 학교가 설립되는 한편 성균관을 중심으로 유학 교육기관의 개편 논의도 일어났다. 그 결과 1887년 서울 성균관에는 경학원(京學院)을, 지방에는 영학원(營學院)과 관학원(官學院)을 두고 유학 교육을 강화하고자 했다. 이들 기관을 통칭하여 경학원(經學院)이라고 하였는데, 경학원의 설립은 성균관의 개혁과 맞물리면서 신식 학교에 정부의 지원이 집중되는 현상에 박탈감을 느끼는 사대부의 불만을 잠재우려는 목적도 있었다. 실제로 1887년 3월에는 성균관 지원이 신식 학교인 육영공원에 비해 턱없이 부족하다는 상소가 올라올 정도였다. 고종은 서구적인 신식 교육과 전통적인 유학 교육 사이에서 균형을 맞추고자 했고, 박제경도 그러한 개혁 사업에 적극 참여하고 있었던 것이다.

같은 시기 박제경은 각종 과거시험에서 독권관(讀券官)으로 활동했다. 독권관은 국왕이 친임한 시험의 감독관인데 글을 채점하며 응시자의 우수한 답안지를 국왕 앞에서 읽는 일을 하였다. 〈하강문고〉 6권에 나오는 상소문 중 과거제 폐단을 지적하는 상소가 눈에 띄는데 바로 이때 작성된 것이 아닌가 추측된다. 문집의 다른 글들은 추상적이고 형식적인 면이 많은데 반해 과거제 폐단 상소는 비교적 강고한 문투로 현실 상황을 비판하고 있다. 즉 시험 답안지의 중복 제출 등 온갖 비리가 횡행하는 과거시험의 무용론을 제기하면서, 이 폐해를 바로잡지 못하면 인재가 나오지 못하고 나라가 제대로 설 수 없게 된다고 한탄하고 있다. 선비가 아닌 무뢰배들에게 시험 자격을 주어서는 안 된다고 주장함으로써 기존의 신분제를 옹호하고 있지만, 선비의 선비다움을 강력히 추구하고 있다는 점에서 보수적 개혁자의 모습을 보여주고 있다.

60세인 1890년에는 신정왕후 국장도감의 도청(都廳)이 되었고, 그 상급으로 정3품 통정대부(通政大夫)가 되었다. 당상관이 된 것이다. 이후 성균관사성, 사헌부장령(司憲府掌令), 홍문관교리(弘文館校理), 호조참의(戶曹參議) 등의 관직을 지냈고, 독권관도 계속 맡았다. 그 사이 아들 순양과 신양도 관직에 올랐고 부인 류씨는 별세하였다.

연보상으로 1894년부터 1896년까지는 공백 상태이다. 이 시기는 갑오개혁과 을미사변, 아관파천으로 이어지는 혼란기였고, 고종과 왕실은 고난의 세월을 겪었다. 항상 왕실 곁에 있던 박제경에게도 힘든 시간이었을 것이다. 당시 왕권 약화는 매우 실질적으로 일어났다. 예를 들어 승정원을 계승한 승선원(承宣院), 시종원(侍從院) 등의 왕실 비서 기구는 왕명 출납 기능을 박탈당했다. 왕실 산하 기구는 궁내부로 축소 재편되었다. 명성황후시해사건과 아관파천을 거치면서 고종은 점차로 권력을 회복했지만, 정치적·사회적 안정이 이루어지는 것은 1897년 2월 환궁 이후의 일이다. 박제경이 관직에 복귀하는 것도 바로 이때이다.

1897년 2월 24일 박제경은 보령군수로 임명되었다. 당시 박제경을 임명한 인물은 내부대신 남정철(南廷哲)이었다. 남정철은 고종의 칭제(稱帝), 즉 대한제국의 성립을 주도한 인물이기도 하다. 황제국의 위상에 걸맞게 전례(典禮)와 법제를 정비하고자 만들어진 사례소(史禮所)와 교전소(校典所) 설립을 건의한 사람도 바로 남정철이다. 사례소에는 19명이 참여하였는데 장지연(張志淵) 등 동도서기론 계열의 개신 유학자들이 대부분이다.

박제경과 친분이 있던 인물들도 대개 이런 경향의 인사들이었던 것으로 보인다. 〈하강문고〉 6권에는 각종 서문(序文), 계문(啓文) 등이 있는데 김병시(金炳始), 정범조(鄭範朝), 심상훈(沈相薰) 등 친왕 세력과 김윤식(金允植), 이중하(李重夏) 등 온건 개화 세력의 인물들과 관련한 글이 많다. 보수 개혁 또는 온건 개화의 입장에서 친왕 세력으로 남아 있었던 그의 경력이 교유 관계에서도 드러난 셈이다. 그가 대한제국 성립에 동참하였다는 사실은 황제즉위표(皇帝卽位表)를 작성한 데에서도 확인된다.

당시 칭제 과정에서 일부 보수 유생들은 참람되다며 반대했다. 이에 고종은 친왕 세력을 중심으로 개화 정책을 계속하되 다른 한편으로는 독립협회 등 급진 개화 세력은 물리치고 나라의 바탕으로 유학을 지키겠다는 입장을 계속 천명하였다. 박제경은 바로 그러한 고종의 의중을 정확히 파악해 대변해줄 수 있는 측근 학자 중 하나였던 것이다. 그러나 박제경은 고위 대신으로 올라가는 것은 스스로 사양한다. 〈하강문고〉 6권의 사직 상소문 중에는 충청도, 함경도, 평안도, 경상도 관찰사 직 등을 사양하는 글들이 보인다. 실제로 부임하지는 않았던 것으로 보인다.

박제경은 72세인 1902년 궁내부특진관에 오른다. 궁내부특진관은 1895년 5월에 신설되어 왕실의 전례(典禮)·의식(儀式)에 관한 일을 포함해 왕실 사무를 왕에게 자문하는 관직이다. 칭송을 받은 2년간의 보령군수 임기를 무사히 마친 박제경은 1902년 들어 고종의 기로소 입소 때 종2품 가선대부(嘉善大夫)로 품계가 올라갔고, 궁내부특진관, 장례원소경(掌禮院少卿) 등에 임명되었다. 장례원은 궁중의식·조회의례(朝會儀禮), 능·종실·귀족에 관한 사무 등을 관장하던 관서로 박제경이 지냈던 관직 중 가장 고위직에 해당한다. 장례원소경에 오른 덕분에 선조 추증이 이루어졌다. 부친 박인수(朴仁壽)는 '종2품 가선대부내부협판(從二品 嘉善大夫内部協辦)', 조부 박종긍(朴宗兢)은 '정3품 통정대부비서원승(正三品 通政大夫秘書院丞)', 증조부 박이원(朴履源)은 '종3품 통훈대부장례원장례(從三品 通訓大夫掌禮院掌禮)'로 추증되었다. 이처럼 1897년 보령군수라는 외직으로 복귀한 후 박제경은 1902년경 궁내부특진관과 장례원소경 등의 궁중 내부 고위직을 차지하면서 영광스런 말년을 보내게 된다.

박제경이 궁내부특진관에서 물러난 것은 1904년 1월 14일의 일이다. 이때는 러일전쟁 발발 직전으로 일제의 침탈이 본격화되면서 고종의 통치력이 약화되던 시점이기도 하다. 그리고 세월이 흘러 1908년 3월에 내각총리대신 이완용(李完用), 법부대신 조중응(趙重應)의 지시로 죄명을 벗는다는 기록이 남아 있다. 그러나 정확히 무슨 죄명인지는 불명확하다.

박제경의 생애는 이처럼 고종의 부침과 결을 함께하였으며, 조선 왕조가 망국에 이른 직후인 1911년 12월 10일 생을 마감했다.

김종준

차례

· · 제1부 | 봄날은 간다 暮春途中

·· 제4부 | 이 눈물 다 마르면 어찌하리 其如淚盡何

·· 상소문上疏文

제1부

봄날은 간다

暮春途中

春日雨中 춘일우중

昨夜東風過雨踈　　작야동풍과우소
潤田不及潤花餘　　윤전불급윤화여
老翁能識山家趣　　노옹능식산가취
點檢床頭種樹書　　점검상두종수서

- 潤田, 潤花: 두보(杜甫)의 시 〈春夜喜雨〉의 "隨風潛入夜 潤物細無聲[바람 따라 밤에 몰래 들어와 물건을 적시면서 아무 소리도 없다]"의 정서를 살려 밤새 내린 봄비를 향한 심상을 표현했다.
- 床頭: 백거이(白居易)의 시 〈贈吳旦〉의 "南山入舍下 酒甕在牀頭[남산은 집 안으로 들어오고 술독은 늘 침상 곁에 있네]"에서 전범을 찾을 수 있다. 백거이는 이 시에서 침상 곁에 둔 술을 매개물로 삼아 '세상의 굴레에 묶인 자아의 해방', 즉 진(眞)의 상태를 노래한다. 따라서 하강 선생이 '床頭[침상머리]'에 둔 '나무 키우는 책'은 백거이의 '술'과 같은 맥락의 매개물로 볼 수 있다.

32

봄비

바람 불고 가랑비 내리는 밤
땅은 다 젖지 않아도 꽃은 촉촉이 젖어
산골이라, 늘그막에 이 맛에 살아가니
침상머리에서 나무 키우는 책 들여다보네

暮春途中　　모춘도중

馬頭城郭卽蠶峰　　마두성곽즉잠봉
今夜初聞長樂鐘　　금야초문장락종
楊柳水邊舟小小　　양류수변주소소
杏花村畔屋重重　　행화촌반옥중중
長生不藉神仙術　　장생불자신선술
造物能令我輩容　　조물능령아배용
携取殘書歸市隱　　휴취잔서귀시은
一生心事任疎慵　　일생심사임소용

- 馬頭: 배가 정박하는 곳. 부두나 선창을 뜻함.
- 長樂: 장락궁(長樂宮)을 말함. 고려 시대 평양성 안에 있던 궁전으로 고려의 숙종(肅宗)과 예종(睿宗)이 자주 행차해 이곳에서 잔치를 열었고 조선 시대에는 영숭전(永崇殿)으로 바뀌었으며, 조선 태조의 어진(御眞)을 모신 곳이었다. 하강 선생은 1882년 52세가 되던 해 평안남도 증산 현령에 부임하는데, 이때 처음으로 조정에서 벗어나 외직을 지내게 된다. 이 시가 쓰인 시기는 정확히 알 수 없으나 아마도 평양과 가까운 증산에서 현령을 지내며 뱃길로 자주 평양을 방문했을 것으로 보이며, 이때의 정황과 경험이 이 시의 배경이 되었을 가능성이 높다.
- 殘書: 아직 읽지 않은 책을 뜻함.
- 市隱: 도시에서 은거하는 것을 뜻함. 당나라 때 편찬된 『진서(晉書)』의 「등찬전(鄧粲傳)」에 다음과 같은 문장이 나온다. "夫隱之爲道, 朝亦可隱, 市亦可隱. 隱初在我, 不在於物은거의 도는 조정에도 은거할 수 있고 저잣거리에도 은거할 수 있어야 하네. 은거는 애초부터 나에게 달렸지 외물에 있지 않네."

봄날은 간다

배를 대고 성곽에 올라 잠봉을 바라본다
밤이 되니 처음으로 장락궁의 종소리를 듣는다
강을 따라 수양버들, 그 옆의 작은 배들
살구꽃 핀 마을엔 옹기종기 모여 있는 집들
신선주 기울인들 얼마나 더 오래 살까마는
인생사 다 하늘의 뜻이어서
못다 읽은 책 싸들고 조용히 지내며
흐르는 시간에 느릿느릿 생을 맡기리라

賞桃花 상도화

藕舲書屋澗之濱　　우령서옥간지빈
遠隔人間要路津　　원격인간요로진
坐樹將終盤谷日　　좌수장종반곡일
看花似愛武陵春　　간화사애무릉춘
有良以也遊如夢　　유양이야유여몽
無可奈何老逼身　　무가내하노핍신
伏枕不知山外事　　대침불지산외사
一觴一詠任天眞　　일상일영임천진

- 藕舲書屋: 산속 집에 붙인 이름으로 하강 선생의 집인지는 확실히 알 수 없다. 서옥에서 바라본 봄 풍경은 한유(韓愈)가 극찬했던 반곡(盤谷)이나 도연명(陶淵明)의 무릉도원(武陵桃源)과 같은 시적 대상이다.
- 要路津: 중요한 길이나 나루터.
- 盤谷: 중국 하남성(河南省) 제원(濟源) 시에서 북쪽으로 20리 떨어져 있다. 왕유(王維)의 시 〈桃源行〉에 "盤谷序 坐茂樹而終日 桃源行 漁舟逐水愛山春[반곡에서 무성한 나무 아래 앉아 날을 마치고 무릉으로 가며 고깃배는 물을 거슬러 올라 산의 봄 경치를 사랑하네]"라는 구절이 있다.

복사꽃

우렁서곡의 계곡 물가는
속세와 작별하는 나루터
나무 아래 앉아 하루를 보내니
무릉이 봄을 사랑하듯, 꽃은 피었고
꿈이다, 무슨 말을 더 할까
나이 먹어가면 그뿐
산 밖의 일을 나는 모르니 베개 안고 누우면 그뿐
술 한 잔에 시 한 수 지으며, 그저 웃는다

春日晚興 (1)　　　춘일만흥 (1)

好是湖亭三月天　　호시호정삼월천
暖風遲日到花前　　난풍지일도화전
酒香白墮三盃醉　　주향백타삼배취
飯熟黃粱一枕眠　　반숙황량일침면

- 白墮: 백타주 혹은 상락주를 뜻함. 북위(北魏) 역도원(酈道元)의 『수경주(水經注)』「하수(河水)」에 "백성 중에 유타(劉墮)라는 사람이 있는데, 술을 잘 빚었다. 그는 황하의 물을 길어 향기 높은 진한 술을 빚어서는 오랫동안 그대로 두었다가 뽕잎이 떨어질 때까지 기다렸다가 개봉했다. 그 때문에 술에 이러한 이름이 붙었다(民有劉墮者 宿擅工釀 採挹河流 醞成芳酎 懸食同枯枝之年 排於桑落之辰 故酒因以名)"라는 내용이 있다. 유타가 빚은 상락주는 쌀뜨물처럼 하얀빛을 띠고 있어 백타(白墮)라 불렀다고 한다.
- 飯熟黃粱一枕眠: 소식의 〈又向邯鄲枕中見〉에 다음의 구절이 있다. "客遇呂翁於邯鄲逆旅 自言久不得志 翁與一枕 客就枕 卽夢入 枕中仕宦數十年 甚愜意 及覺 所炊黃粱 猶未熟[한 나그네가 한단의 여관에서 여옹(呂翁)을 만나서는, 오랫동안 뜻을 얻지 못했다는 내용의 이야기를 하였더니, 여옹은 그에게 베개 하나를 주었다. 나그네가 베개를 베자, 곧바로 꿈에 들게 되었다. 꿈속에서 그는 수십 년간 벼슬을 했는데 매우 흡족하였다. 잠에서 깨어났을 때에 짓고 있던 기장밥은 아직 다 익지 않은 상태였다.]"
- 黃粱: 기장밥. 기장은 찰기가 없는 메조를 말하며 기장밥은 메조로 지은 밥이나 메조를 섞은 밥을 뜻함.

봄밤 (1)

참 좋다, 음력 3월의 하늘과 물가의 정자
해 길고 바람 따스한 날, 꽃 앞에 선다
향기로운 백타주 석 잔에 취해
메조로 밥 짓는 사이, 잠 참 달다

春日晚興 (2)　　春일만흥 (2)

幽谷天晴黃鳥雨　유곡천청황조우
遠邨人曳綠楊烟　원촌인예록양연
此翁閑作漁翁伴　차옹한작어옹반
或棹溪邊小小船　혹도계변소소선

• 黃鳥雨: 송나라 강기(姜夔)의 시 〈次韻德久〉에 다음과 같은 구절이 있다.
"籬落青青花倒垂 避人黃鳥雨中飛[울타리 푸른데 꽃은 드리웠고 사람들 사
이로 꾀꼬리 빗속에 날아다니네]."

봄밤 (2)

깊은 골짜기, 꾀꼬리 적시던 비 그치고
멀리 사람들, 능수버들 덮은 안개를 끌고 오네
늙은 이 몸은 한가롭게 어부의 짝이 되어
가끔은 강가에서 쪽배를 저어본다

春日晚興 (3)　　　춘일만흥 (3)

三春臥病閉門過　　삼춘와병폐문과
落盡殘紅可奈何　　낙진잔홍가내하
坐想誰家向陽處　　좌상수가향양처
背巖猶有未開花　　배암유유미개화

• 殘紅: 시든 꽃. 떨어진 꽃. 당나라 왕건(王建)의 시 〈宮詞〉 제90수에 다음의
  구절이 있다. "樹頭樹底覓殘紅 一片西飛一片東[나무 위 나무 아래로 꽃잎을
  살펴보니 어떤 것은 서쪽으로 어떤 것은 동쪽으로 떨어지네]."

봄밤 (3)

앓아누워 봄을 다 보냈다
남은 꽃도 다 졌으니 이젠 어쩔 건가
가만히 생각하면, 어느 집 볕 잘 드는 곳
바위 뒤에 숨어 아직 피지 않은 꽃, 있지 않을까?

春風詞 三疊 (1)　춘풍사 삼첩 (1)

春風駘蕩兮	춘풍태탕혜
鬢胡爲霜	빈호위상
草木暢茂兮	초목창무혜
窈獨愛此衆芳	절독애차중방
好雨知時兮	호우지시혜
潤花房	윤화방
秉燭夜遊兮	병촉야유혜
樂未央	낙미앙
隰苓思美兮	습령사미혜
彼西方	피서방
欲往從之兮	욕왕종지혜
路茫茫	노망망
登山無梯兮	등산무제혜
涉海無航	섭해무항
願言思君兮	원언사군혜
我心憂傷	아심우상

- 兮: 초사에서 리듬감을 살리는 어조사. 단순 반복에 음률을 살려주는 장치로 사용.
- 隰苓: 『시경(詩經)』 「패풍(邶風)〈간혜(簡兮)〉에 다음과 같은 구절이 있다. "山有榛 隰有苓 云誰之思? 西方美人 彼美人兮 西方之人兮[산에는 개암나무 습지엔 감초 있네, 누구를 생각하나? 서쪽의 잘생긴 임이네, 저 잘생긴 임은 서쪽의 사람이네]." 이 시를 풀이하면 "저 습지의 감초처럼 임을 생각하지만 임은 저 서쪽에

봄바람의 노래 (1)

봄바람 따사로운데

귀밑머리와 수염엔 서리가 내렸다

풀과 나무 무성하지만

꽃을 홀로 사랑한 사람

때마침 내리는 단비에

꽃받침 젖는다

촛불 들고 밤놀이 나서니

마냥 즐겁지만

쐬기풀이 질펙한 땅을 찾듯

서쪽 하늘 고운 임 그립다

달려가고 싶지만

길은 멀고 아득하다

산에 오르자니 층계가 없고

바다를 건너자니 배가 없다

그대 보고 싶습니다

이토록 저린 마음으로

있다"는 의미이다. 산과 습지에는 그에 맞는 식물이 자란다는 의미로 모든 사물에 그에 맞는 짝이 있다는 뜻. 본문에서는 신하와 임금의 관계를 말한다. 참고로 영(莫)은 도꼬마리, 씀바귀를 뜻하며 여기에서는 도꼬마리의 전라도 방언인 '쐬기풀'로 번역했다.

春風詞 三疊 (2) 춘풍사 삼첩 (2)

春風欲曙兮	춘풍욕서혜
花冥冥	화명명
戲蝶雙飛兮	희접쌍비혜
流鶯亂鳴	유앵란명
日月不淹兮	일월불엄혜
倏如流星	숙여류성
富貴何時兮	부귀하시혜
老冉冉其相仍	노염염기상잉
輾轉不寐兮	전전불매혜
徹夜到明	철야도명
念我獨處兮	염아독처혜
誰適爲情	수적위정
賈哭激烈兮	가곡격열혜
袁涕交零	원체교령
願言思君兮	원언사군혜
我心怦怦	아심평평

- 賈: 가의(賈誼)를 뜻한다. 가의는 전한(前漢) 문제(文帝) 때의 문인으로 진나라 때부터 내려온 율령·관제·예악 등의 제도를 바꾸고 전한의 관제를 정비하는 데 힘썼다. 그러나 다른 이들의 시기로 좌천되자 자신의 불우함을 굴원(屈原)에 빗대어 〈鵬鳥賦〉와 〈弔屈原賦〉를 지었다.
- 袁: 후한(後漢) 사람 원안(袁安)을 뜻한다. 유신(庾信)의 시 〈哀江南賦〉에 "哀

봄바람의 노래 (2)

봄바람 불고 동이 튼다

꽃은 가득 피고

나비들은 짝을 이뤄 난다

꾀꼬리 우짖는데

세월은 멈추지 않고

유성처럼 사라진다

부귀공명 언제였던가

늙어감은 하루가 달라

뒤척이며 잠 못 드는 밤

새벽은 밝아오고

홀로 하얗게 지새는 밤

누구와 이 마음을 나눌까

가의처럼 가슴 치고

원안처럼 통곡하네

그대, 그리움에

마음만 한없이 바빠진다

江南賦 袁安之每念王室 自然流涕[원안이 매번 왕실을 생각할 때마다 절로 눈물 흘렸다네]" 라는 구절이 있다. 원안은 천자가 유약하고 외척이 국권을 농단 하자 조정에서 국사를 논할 때면 늘 한숨을 지으면서 눈물을 흘렸다. 이에 천자로부터 대신에 이르기까지 모두 그를 믿고 의지하였다고 한다.
• 怦怦: 마음이 다급한 모양. 심장이 뛰는 모양.

春風詞 三疊 (3) 춘풍사 삼첩 (3)

春風習習兮	춘풍습습혜
欲登高	욕등고
峰巒鬱蒼兮	봉만울창혜
澗穀寥寥	간곡요요
周流上下兮	주류상하혜
不自聊	불자료
駕言徂東兮	가언조동혜
誰與遊敖	수여유오
四顧無人兮	사고무인혜
山川蕭條	산천소조
林鶴與伍兮	임학여오혜
野麋爲曹	야미위조
白雲萬裏兮	백운만리혜
歸路遙遙	귀로요요
願言思君兮	원언사군혜
我心實勞	아심실로

- 習習: 바람이 온화한 모양을 뜻한다.
- 澗穀: 산골짝의 시내와 계곡을 뜻한다. 『양서(梁書)』「처사전(處士傳)」〈도홍경(陶弘景)〉에 다음의 구절이 있다. "每經澗穀 必坐臥其間 吟詠盤桓 不能己已[산골짝의 시내나 계곡을 지날 때면 반드시 그곳에 앉거나 누워 시를 읊조리며 배회하면서 멈추지 않았다]."
- 寥寥: 적막하고 고단한 상태를 뜻한다.

봄바람의 노래 (3)

봄바람 산들산들
높은 산에 올라보니
산봉우리 울창하고
골짜기는 적막하다
오르락내리락 돌아다녀도
즐거움이 없다
수레 몰아 동쪽으로 간다 한들
누구와 함께할까
아무리 돌아봐도 사람은 없고
쓸쓸한 산천
숲의 학을 사귀어 볼까
들판의 노루 떼를 따라갈까
만 리를 떠도는 흰 구름처럼
돌아갈 길 아득한데
그대 생각에
이 마음 힘들기만 하다

• 駕言: 수레를 탄다는 뜻이다. 『시경(詩經)』 「패풍(邶風)」 〈천수(泉水)〉에 다
  음의 구절이 있다. "駕言出遊 以寫我憂[수레 타고 나가 놀아서 내 근심 풀어
  야지]."
• 野麋: 노루를 뜻한다. 당나라 왕건(王建)의 『농두수(隴頭水)』에 다음의 구절
  이 있다. "隴東隴西多屈曲 野麋飮水長簇簇[농산 동쪽 서쪽으로 굴곡이 많은
  데 사슴들 길게 줄지어 서서 물을 마시네]."

春日偶唫　　춘일우금

我屋蓋頭一把茅　　아옥개두일파모
入山泉石亦窮交　　입산천석역궁교
雨過蔓衍舊葡種　　우과만연구포종
日暖葉分新筍梢　　일난엽분신순초
黃鳥晚風啼穀口　　황조만풍제곡구
白鷗春水集塘坳　　백구춘수집당요
晴窓痛飮還無事　　청창통음환무사
大讀離騷手自抄　　대독이소수자초

- 蓋頭: 조선 중기의 문인 장유(張維)의 시 〈許生負笈遠來以茅屋未成不能留臨分贈此[허생이 책 보따리를 메고 멀리서 찾아왔는데 내 집을 수리하는 공사가 아직 마무리되지 않아 머무르게 할 수가 없었으므로 이 시를 지어 선물로 주다]〉에 다음의 구절이 있다. "未辦蓋頭茅一把 卻敎歸去太怱怱[지붕에 띠풀 한 줌 미처 얹지 못해서 이렇게 총총히 돌아가게 하는구려]."
- 泉石: 두보의 시 〈茅屋爲秋風所破歌〉에 다음의 구절이 있다. "茅飛渡江灑江郊 高者掛罥長林梢 下者飄轉沉塘坳[띠풀은 날아서 강 건너 물가에 떨어지는데 멀리는 깊은 숲 속 나뭇가지에 걸리고 가까이는 깊은 못에 떨어지네]."
- 痛飮: 술을 매우 많이 마심을 뜻한다. 침음(沈飮).
- 離騷: 초나라 굴원(屈原)이 지은 부(賦)의 이름이다. 반대파의 참소로 조정에서 쫓겨나 임금을 만날 기회를 잃은 굴원의 시름이 담긴 작품이다.

봄날, 그저 책을 읽다

띠풀로 지붕 올린 살림살이
산천에 몸 맡겨도 가난은 어쩔 수 없어
비 그치자 오래된 포도나무, 새 줄기를 내밀고
따스한 햇살 아래, 죽순 새로 올라온다
늦바람 불면 골짝 초입, 꾀꼬리들 노래하고
봄물 부니 갈매기들 연못으로 모여든다
비 갠 창가에서 한잔 마시고 또 일 없어
굴원의 글을 소리 내어 읽고는 또 베껴 쓴다

春日書懷　춘일서회

數椽茆屋在溪濱　수연묘옥재계빈
細草閑花接四隣　세초한화접사린
湖上生涯惟澹泊　호상생애유담박
海隅風俗亦眞淳　해우풍속역진순
今時老圃耕耘叟　금시노포경운수
舊日淸朝法從臣　구일청조법종신
一點紅塵不到處　일점홍진불도처
沙邊白鳥自來親　사변백조자래친

- 閑花: 그윽하고 운치 있는 꽃을 뜻한다. 당나라 침전기(沈佺期)의 시 〈仙萼池亭侍宴應制〉에 다음의 구절이 있다. "閒花開石竹 幽葉吐薔薇[한가한 꽃속에 패랭이꽃 피고 그윽한 잎 사이로 장미꽃 솟았네]."
- 法從: 황제의 수레를 따르다 혹은 황제를 따른다는 뜻이다. 『한서(漢書)』「양웅전상(揚雄傳上)』에 다음의 구절이 있다. "又是時 趙昭儀方大幸 每上甘泉 常法從 在屬車間豹尾中[또 이때 조소의는 크게 총애를 받아 매번 감천궁에 오르면 늘 예를 갖추어 따르게 하여 뒤따르는 수레에 앉게 했다]." 당나라의 안사고(顏師古)는 『한서(漢書)』의 주석에서 이를 이렇게 풀이했다. "法從者 以言法當從耳 非失禮也. 一曰從法駕也[법종이란 예법상 따르는 것이 마땅하며 예에서 벗어난 것이 아님을 말한다]."
- 紅塵: 번거롭고 속된 세상을 비유적으로 이르는 말이다.

봄날에

나무 몇 개로 서까래 얽어 지었다, 냇가의 초가 한 채
부드러운 풀과 어여쁜 꽃, 빙 둘러 이웃하고
물가의 생활은 욕심이 없는데
바닷가 마을 풍속, 늘 순박하다
농사짓고 김매는 이 늙은이
옛날엔 임금 모시던 신하였다지
세상 먼지 한 점조차 닿지 않는 이곳
모래톱에 흰 물새들만 찾아와 벗하자 한다

湖上春日　　　호상춘일

深院回塘繞蝶衣　　심원회당요접의
辛夷花盡又薔薇　　신이화진우장미
風柔燕子說心坐　　풍유연자열심좌
日暖鶯兒含態飛　　일난앵아함태비
紫陌光陰旅魂斷　　자맥광음여혼단
白湖烟景老年歸　　백호연경노년귀
傍人喚起春眠困　　방인환기춘면곤
且倚幽欄看夕霏　　차의유란간석비

- 蝶衣: 매우 보드랍고 연한 꽃잎을 뜻한다.
- 紫陌: 서울 교외의 도로를 말한다.
- 烟景: 구름이나 안개, 연무가 낀 경치. 여기에서는 아름다운 경치를 뜻한다.
- 夕霏: 저녁 무렵의 안개를 뜻한다.

봄날의 물가

뒷마당 연못가 둑에 고운 꽃 핀다
목련 지고 장미가 핀다
산들바람 분다, 앉은 제비 재잘대고
따뜻한 햇살 아래 꾀꼬리 멋지게 난다
화려한 도성 생활에 나그네 마음 애달팠으나
늙어서야 하얀 운무 내리는 호숫가로 돌아왔다
누군가 노곤한 봄잠 깨우니
또 이렇게 난간에 기대, 고요한 저녁 안개 바라본다

春日述懷 (1)　　　춘일술회 (1)

三月輕寒細雨過　삼월경한세우과
一番生意在千花　일번생의재천화
春來寂有登臨興　춘래최유등림흥
依舊靑山綠水多　의구청산녹수다

• 登臨: 등산임수(登山臨水)를 말한다. 산에 오르기도 하고 물에 가기도 한다
는 뜻으로 명산대천의 명승지를 유람한다는 의미도 있다. 여기에서는 봄이
온 자연을 즐긴다는 뜻으로 쓰였다.
• 綠水多: 맑은 물이 넘실댄다는 뜻이다. 이익(李瀷)의 시 〈芬芝洞〉에 다음의
구절이 있다. "偏憐霽月光風夜 無恙靑山綠水多[씻은 듯 맑은 달밤에 변함없
는 청산과 넘실대는 녹수 사랑스럽네]."

봄날의 마음 (1)

춘삼월 봄 추위에 가랑비 내렸다
도처에 생명이다, 꽃이 핀다
봄이다, 자연을 느껴보자
변치 않으리, 푸른 산, 맑은 물 넘실대는 이 봄

春日述懷 (2)　　春일술회 (2)

郊原雨過草離離　　교원우과초리리
正是詩家物色宜　　정시시가물색의
病我元來春興懶　　병아원래춘흥라
任他鶯囀綠楊枝　　임타앵전록양지

- 郊原: 들판 혹은 들에 있는 밭을 뜻한다.
- 離離: 밝고 빛나는 모양을 말한다.
- 物色: 풍물, 경치를 뜻한다.
- 囀: 지저귀다.

봄날의 마음 (2)

비 그치고 들판엔 새순이 무성하다
시인의 색이다
그러나 흥에 무딘 이 몸, 이것도 병이어서
마음껏 울게 하리, 푸른 버드나무의 저 꾀꼬리

春日述懷 (3)　　　춘일술회 (3)

三月江南草色平　　삼월강남초색평
芒鞋欲作踏靑行　　망혜욕작답청행
自來富貴須臾事　　자래부귀수유사
摠與蜉蝣共死生　　총여부유공사생

• 踏靑: 중국에서, 청명절에 교외를 거닐며 자연을 즐기던 일을 가리키는데 여기에서는 봄에 파랗게 난 풀을 밟으며 산책함, 또는 그런 산책을 뜻한다.
• 摠: 總과 같음. 어쨌든, 결국.

봄날의 마음 (3)

삼월이다, 강의 남쪽은 죄다 풀빛
짚신 신고 푸른 풀 밟아볼까
예나 지금이나 부귀영화는 한순간
너도나도 하루살이 같은 삶 아니더냐

蒙山春日　　몽산춘일

白茅爲屋翠松門	백모위옥취송문
半掩靑山盡處村	반엄청산진처촌
欲作書遲南國雁	욕작서지남국안
勒移文謝北山猿	늑이문사북산원
日暖墻桃初結子	일난장도초결자
雨過庭竹已生孫	우과정죽이생손
待看籬下黃花發	대간리하황화발
絶勝淵明栗里園	절승연명율리원

- 白茅: 띠라고도 하며 볏과의 여러해살이 풀을 말한다.
- 翠松: 짙푸른 소나무를 뜻한다.
- 北山: 공치규(孔稚圭)의 〈北山移文〉에 "蕙帳空兮夜鶴怨 山人去兮曉猿驚[혜초 장막 텅 비어 방의 학이 원망하고 산 사람 떠나가니 새벽 원숭이 놀란다네]"라는 구절이 있다.
- 栗里: 도연명(陶淵明)의 고거(故居)이다. 당시 팽택현(彭澤縣), 지금의 강서성(江西省) 성자현(星子縣)에 있다.

몽산의 봄날

띠풀 집에 소나무 대문
푸른 산 끝자락 외지고 외진 마을
편지 쓰려니 기러기 아직 남쪽으로 떠나지 않았고
떠나려니 북산 원숭이에게 미안한 마음
따뜻한 날 울타리에 복숭아 막 열리고
비 내린 뜰엔 죽순 벌써 올라온다
울 밑에 노란 국화 피면
율리원보다 훨씬 나으리니

蒙墅書懷 　　몽서서회

年來世味薄於紗	연래세미박어사
便作西湖老圃家	편작서호로포가
園樹參差栽棗栗	원수참치재조율
峽農太半理桑麻	협농태반리상마
黃雲忽捲千郊麥	황운홀권천교맥
紅雨纔過一塢花	홍우재과일오화
朝朝南陌東阡下	조조남맥동천하
着屐閑行興未涯	착극한행흥미애

- 黃雲: 누런 구름이라는 뜻으로 다 익은 벼와 보리를 비유해 이르는 말이다. 여기에서는 누렇게 익은 보리 들판의 구름을 일컫는다. 송나라 왕안석(王安石)의 시 〈同陳和叔遊齊安院〉에 다음의 구절이 있다. "繰成白雪桑重綠 割盡黃雲稻正靑[눈처럼 흰 실을 켜니 뽕나무 짙푸르고 익은 보리를 다 베니 벼는 푸르네]."
- 紅雨: 붉은 꽃잎에 떨어진 비를 말한다. 당나라 맹교(孟郊)의 시 〈同年春宴〉에 다음의 구절이 있다. "紅雨花上滴 綠煙柳際垂[홍색 비 꽃 위에서 물방울 지고 녹색 연기 버드나무 끝에 드리우네]."

몽산에서

세상 관심 천조각보다 얇아져
서쪽 물가 늙은 농사꾼 되었다
뒤뜰에 대추나무 밤나무 심어놓고
골짜기 빽빽이 뽕나무 삼나무 가꿔간다
들판의 보리는 휘말리는 노란 구름 같고
꽃 핀 언덕엔 한바탕 붉은 비 흩뿌리듯
아침마다 남쪽으로 동쪽으로 길을 나서
흥겨워라, 나막신 신고 사뿐하게 오가는 이 몸!

山曉閣春日雜詠六言 (1) 산효각춘일잡영육언 (1)

青山有畫萬幅　　청산유화만폭
綠水無絃一琴　　녹수무현일금
忘機閑伴鷺性　　망기한반로성
就睡煩嫌鶯音　　취수번혐앵음

- 無絃一琴: 직역하면 '현이 없는 거문고'라는 뜻이다. 이 자체로도 아름다운 표현이지만, 시의 생생함을 현대어로 살리고자 '소리 없는 음악'으로 번역했다.
- 機: 기심(機心)을 뜻한다. 기심은 기회를 보고 움직이는 마음, 또는 간교하게 속이거나 책략을 꾸미는 마음이다. 기계지심(機械之心)이라고도 한다.

봄의 산효각 (1)

푸른 산은 만 폭의 그림이고
맑은 물은 소리 없는 음악이라
마음 비우고 그저 해오라기 짝하다가
잠 청하니, 꾀꼬리 울음도 귀찮아라

山曉閣春日雜詠六言 (2) 산효각춘일잡영육언 (2)

天下深憂國計　　천하심우국계
人間至樂書聲　　인간지락서성
池臺靑春漫興　　지대청춘만흥
山亭白日閑情　　산정백일한정

- 漫興: 생각나는 대로 시를 짓고 힘들여 다듬지 않는 것을 말한다. 명나라 양신(楊愼)의 시 〈木涇周公哀集鄙詩刻之作此以謝〉에 다음과 같은 구절이 있다. "漫興詩成散逸多 玉人彩筆爲編摩[생각나는 대로 시가 지어져 없어진 것도 많은데 귀한 사람 아름다운 문체로 다시 만들어주네]."
- 閑情: 일이 없어 한가한 심정을 뜻한다. 최립(崔岦)의 시 〈次杜野望韻〉에 다음의 구절이 있다. "爲被閑情欺寂寞 非須快境辦逍遙[무료한 마음 달래려고 할 뿐이지 막힘없는 경계 굳이 찾아 소요유(逍遙遊) 즐기려는 것이겠는가?]."

봄의 산효각 (2)

세상의 큰 걱정은 나랏일에 있고
사람의 큰 즐거움은 책 속에 있다
푸른 봄 연못가 정자는 시와 함께 즐겁고
한낮의 산속 작은 집, 더없이 고요하네

山曉閣春日雜詠六言 (3) 산효각춘일잡영육언 (3)

江南草色雨歇　　강남초색우헐
山西柳脚風斜　　산서유각풍사
布穀種催處處　　포곡종최처처
醉人扶歸家家　　취인부귀가가

• 江南草色: 기준(奇遵)의 시 〈書懷〉에 다음의 구절이 있다. "春半江南草色催
日長孤館燕飛來 故園今夕風光好 想見桃花滿樹開[봄이 강남에 무르익으니
풀빛 짙고, 고요한 관사에 해 길어지니 제비 날아오네. 오늘 밤 고향의 풍광
도 좋을 테니, 복사꽃 활짝 핀 모습 보고 싶어라]."
• 布穀: 뻐꾹새를 뜻한다.

봄의 산효각 (3)

비 그치자 강의 남쪽, 풀빛은 파릇파릇
바람 불어 산의 서쪽, 수양버들 흔들흔들
뻐꾹새 어서어서 파종하라 재촉하고
취한 이들 집집마다 부축해 돌아간다

山曉閣雜詠　　산효각잡영

一夜東風細雨過　　일야동풍세우과
郊原草色夕陽多　　교원초색석양다
枕間詩與眠相失　　침간시여면상실
壺裏酒如興盡何　　호리주여흥진하
老去宦情薄薄翼　　노거환정박박익
年來世事沄沄波　　연래세사운운파
沔陽城外春光遍　　면양성외춘광편
鶯囀垂楊萬萬條　　앵전수양만만조

• 年來世事沄沄波: 소식의 시 〈景純復以二篇 一言其亡兄與伯父同年之契 一言
今者唱酬之意 仍次其韻〉에 다음의 구절이 있다. "年來世事如波浪[몇 년 사
이 세상일은 파랑과 같았지]." 한퇴지(韓退之)의 시 〈條山蒼〉에도 "浪波沄沄
去 松柏在高岡[물결은 소용돌이치면서 흘러가고 소나무 잣나무는 높은 등성
이에 있네]"라는 구절이 있다.

72

산효각 단상

밤새 바람 불고 가랑비 내리더니
들판의 풀빛, 노을처럼 짙어졌다
시 짓느라 잠을 설치고
술이 있어도 재미가 없으니 어쩔 건가
늙은이의 벼슬 생각 얇디얇은 날개 같고
몇 년 사이 나랏일은 격랑을 겪었다지
면양성 밖으로 봄이 환한데
꾀꼬리 울음에 수양버들 산산이 흩날린다

新城館詠懷　　신성관영회

我來四月綠陰初　아래사월녹음초
官閣深深接海居　관각심심접해거
終日看書啼鳥裏　종일간서제조리
幾時聽訟落花餘　기시청송락화여
貽牟處處黃雲合　이모처처황운합
曬繭家家白雪如　쇄견가가백설여
蔀屋蒼生怨咨否　부옥창생원자부
愧無卽墨大夫譽　괴무즉묵대부예

- 貽牟: 보리 또는 보리밭을 뜻한다. 『시경(詩經)』「주송(周頌)」〈사문(思文)〉에 다음의 구절이 있다. "貽我來牟 帝命率育[우리에게 소맥과 대맥을 주어, 상제께서 명하여 두루 기르게 하셨네]."
- 卽墨大夫: 참된 위정자라면 '정계의 평판에 신경 쓰기보다는 민생에 힘써야 한다'는 고사로 '숨은 충신'을 뜻한다. 이 고사는 『사기(史記)』「전경중완세가(田敬仲完世家)」에 소개되어 있다. 제(齊)나라 위왕(威王)은 즉위해 직접 나라를 다스리지 않고, 정치를 경대부들에게 위임한다. 그러나 제후들은 9년 동안 전쟁이나 하고 백성을 돌보지 않았다. 그러던 어느 날, 위왕이 즉묵의 대부를 불러 말하기를 "그대가 즉묵에 거처한 이래로, 그대를 헐뜯는 말이 날마다 답지했으나 내가 사람을 직접 보내 즉묵 지역을 살펴보니, 전답은 개간되었고, 백성은 풍족하며, 관청에는 미뤄둔 일이 없었으니, 동쪽 지방은 이 때문에 평안함을 알게 되었다. 그런데도 그대를 헐뜯는 소리가 들리니, 그 이유는 그대가 내 측근을 섬기어 명성을 구하는 짓을 하지 않았기 때문이다"라며 큰 상을 내렸다는 내용이다.

신성관에서

도착하니, 초목 우거지는 4월
관청은 바닷가 아주 가까이 붙어 있어
온종일 새 소리 들으며 책을 읽고
꽃 진 뒤에 몇 번인가 송사를 듣네
잘 익은 보리밭은 노란 구름이 인 듯
누에고치 말리는 집집마다 하얀 눈 내린 듯
오막살이에 힘든 백성 없는지
좋은 원님이라는 소리 없어 부끄럽지만

永保亭 영보정

畫出杭眉曲曲灣	화출항미곡곡만
名亭自此倍生顔	명정자차배생안
魚龍氣挾春潮急	어룡기협춘조급
島嶼痕生夕照斑	도서흔생석조반
左海無雙非浿水	좌해무쌍비패수
西湖第一此江山	서호제일차강산
今來白髮新城守	금래백발신성수
竟日逍遙澹忘還	경일소요담망환

- 永保亭: 보령시 오천성(鰲川城) 안에 있던 정자를 뜻한다.
- 杭眉: 항미정(杭眉亭)을 말한다. 항미정은 중국 항주(杭州)에 있는 정자를 본떠, 정조가 수원 화성 축조 때 조성한 저수지에 지은 정자 이름이다. 정자의 이름은 '항주(杭州)의 미목(眉目)'이라는 소식의 시에서 따왔다. 영보정 또한 별칭으로 항미정으로 불렀거나, 아니면 하강 선생이 영보정의 아름다움을 나타내고자 비유적으로 썼을 가능성이 크다.
- 左海: 우리나라를 가리킨다.
- 浿水: 대동강의 옛 이름이다. 압록강이나 청천강을 가리킨다는 설도 있으나 『신증동국여지승람(新增東國輿地勝覽)』제1권「경도상(京都上)」〈부벽루(浮碧樓)〉에 "아래로 도도(滔滔)히 흐르는 패수(浿水)를 굽어본다. 대동강이 바로 옛날 패수이다"라는 기록이 있다.

영보정에서

아름다워라, 굽이굽이 물 흘러내려
이름난 정자에 생기를 불어넣는다
물고기들 뛰노니 봄의 밀물도 서두르고
노을에 아롱지는 작은 섬의 그림자들
대동강을 최고라 하지 마라
서해의 제일은 바로 이곳이라
머리 하얀 신성의 태수,
종일 이렇게, 돌아갈 생각마저 잊었는데

新城卽事 　　신성즉사

官柳陰陰綠滿堤	관류음음록만제
何來黃鳥盡情啼	하래황조진정제
一山松桂春光晚	일산송계춘광만
百里桑麻雨意齊	백리상마우의제
鰲島晴痕當戶遠	오도청흔당호원
烏棲秀色入簾低	오서수색입염저
此間白髮頹然醉	차간백발퇴연취
酒似青州快到臍	주사청주쾌도제

• 青州: 송나라 유의경(劉義慶)이 지은 『세설신어(世說新語)』에 다음의 이야기가 보인다. "왜냐하면 청주에는 제군(齊郡)이 있고 평원군(平原郡)에는 격현(鬲縣)이 있는데, 종사(從事)라 칭한 것은 술기운이 배꼽[臍] 아래까지 이를 수 있음을 말하고, 독우(督郵)라 칭한 것은 술기운이 횡격막[鬲] 위까지만 이를 수 있음을 말하기 때문이다(青州有齊郡 平原有鬲縣 從事言到臍 督郵言在鬲上住)."

78

신성에서

성곽엔 수양버들 그늘져 푸른 빛 가득한 제방
어디에서 왔나, 꾀꼬리 목 놓아 우는데
산에는 소나무 계수나무, 봄빛 저물어가고
마을에는 뽕나무 삼나무, 비를 기다린다
멀리 문밖으로 오도가 또렷이 보이고
오서산의 아름다운 모습 주렴에 드리운다
이 틈에 한잔하고 냅다 누웠더니
명주가 따로 없어, 어느새 거나하게 취한다네

自怡堂雜詠 (1)　자이당잡영 (1)

垂楊如畫綠參差　수양여화록삼차
山水此間出宰時　산수차간출재시
詩百篇成非白也　시백편성비백야
郡三月到媿元之　군삼월도괴원지
風滿城樓春泛泛　풍만성루춘범범
日沈官閣夢遲遲　일침관각몽지지
烟景誰爭無限好　연경수쟁무한호
西湖一帶似杭眉　서호일대사항미

- 元之: 왕우칭(王禹稱)을 뜻함. 왕우칭이 지은 「황주죽루기(黃州竹樓記)」에, "나는 지도(至道) 을미년(乙未年)에 한림(翰林)에 있다가 저주(滁州)로 나왔고, 병신년(丙申年)에 광릉(廣陵)으로 옮겨왔다. 정유년(丁酉年)에 또 서액(西掖)으로 들어갔다가 무술년(戊戌年) 섣달 그믐날 제안(齊安)으로 나가라는 명령이 있어 기해년(己亥年) 윤삼월에 황주(黃州) 고을에 도착하였다. 4년 사이에 분주하여 겨를이 없었으니 내년에는 또 어디에 있게 될지 알 수 없다(吾以至道乙未歲 自翰林出滁上 丙申移廣陵 丁酉又入西掖 戊戌歲除日 有齊安之命 己亥閏三月到郡 四年之間 奔走不暇 未知明年又在何處)"는 구절이 있다.

자이당에서 (1)

한 폭 그림인 듯 수양버들 산들산들
물 좋고 산 좋은 곳 군수로 내려와
시 백 편 지었다고 이백은 아니지만
이리저리 옮겨 다니니 분주하기 왕우칭 못지않네
성루에는 바람이 가득, 봄은 무르익는데
해 떨어진 관사에는 잠들 시간 아직 멀었다
이곳의 아름다움이야 따질 것 없이 좋아서
서해의 항미정 생각나네

早發新城 (2)　　　조발신성 (2)

輕雲淡淡曉晴初　　경운담담효청초
夢斷酒醒纔起余　　몽단주성재기여
缺月猶懸城外樹　　결월유현성외수
疎星遠照野中廬　　소성원조야중려
客來路柳自無主　　객래로류자무주
春去巖花猶有餘　　춘거암화유유여
十里行行東旣白　　십리행행동기백
水田漠漠下春鋤　　수전막막하용서

- 夢斷酒醒: 꿈도 깨고 술도 깬다는 뜻이다. 소식의 시〈姪安節遠來夜坐 三首〉
  에 다음의 구절이 있다. "夢斷酒醒山雨絶 笑看饑鼠上燈檠[꿈 깨고 술도 깨
  니 산에 비 그쳤는데, 배고픈 쥐 등잔에 오르는 걸 보고 웃네]."
- 缺月: 이지러진 달을 뜻한다. 소식의 사(詞) 작품〈卜算子〉에 다음의 구절이
  있다. "缺月掛疎桐 漏斷人初靜[이지러진 달 성긴 오동나무 잎에 걸렸는데
  물시계 끊기고 인적도 끊겼네]."
- 春鋤: 백로(白鷺)의 다른 이름이다. 비슷한 말로 창로(蒼鷺), 창괄(鶬鴰), 창
  계(鶬鷄), 설객(雪客), 사금(絲禽), 노사(鷺鷥) 등이 있다.

신성의 아침 (2)

희뿌옇게 밝아오는 청명한 새벽
꿈도 깨고 술도 깨어 벌떡 일어나니
이지러진 달은 아직도 성 밖 나무에 걸려 있고
가물가물한 별빛은 멀리 들판의 오두막을 비춰준다
지나가는 길가엔 주인 없는 버드나무
가는 봄 잡으려나, 바위에 남아 핀 꽃
십 리 길 걸으니 동쪽 하늘 밝아오고
물 댄 논으로 백로 날아와 앉는데

早發新城 (3)　　　조발신성 (3)

四月淸和天氣新　　　사월청화천기신
斜陽立馬問熊津　　　사양립마문웅진
落花寂寂無尋處　　　낙화적적무심처
垂柳靑靑再渡人　　　수류청청재도인
沙暖鷺眠點如玉　　　사난로면점여옥
渚淸魚躍閃疑銀　　　저청어약섬의은
此身爲吏勞行役　　　차신위리노행역
老病年來不自珍　　　노병년래불자진

* 立馬: 말을 잠시 멈춘다는 뜻이다. 소식의 시 〈和秦太虛梅花〉에 다음의 구절
이 있다. "多情立馬待黃昏 殘雪消遲月出早[다정한 사람 말을 멈추고 황혼을
기다리는데 남은 눈 더디 녹고 달은 일찍 떴네]."

신성의 아침 (3)

맑고 화창한 4월이라, 기운도 신선한데
아침 햇살에 말 멈추니, 곰나루는 어느 쪽인고
꽃은 져서 막막하니, 찾을 길 없다지만
버들가지 푸른 강, 다시금 건너간다
따뜻한 모래엔 잠든 백로, 수놓은 옥과 같고
맑은 물 뛰어오른 물고기는 반짝이는 은과 같네
고달픈 벼슬살이 돌볼 곳도 많아서
늙고 병든 몸 얼마나 더 버틸까마는

結城查官途中 결성사관도중

綠楊村落散朝烟	녹양촌락산조연
纔過瓮岩又廣川	재과옹암우광천
打麥聲中浮酒力	타맥성중부주력
插秧歌裏願豐年	삽앙가리원풍년
黃鸝無數投山木	황리무수투산목
白鷺何心下水田	백로하심하수전
今日我來還我去	금일아래환아거
沿岡路熟草芊芊	연강로숙초천천

- 結城: 충청도 홍주(洪州)의 8개 현 중의 하나이다. 홍주는 지금의 충남 홍성군 지역에 해당한다.
- 查官: 검사하는 일을 맡은 관원을 뜻한다.
- 瓮岩: 현재의 충남 광천읍(廣川邑) 옹암리(瓮岩里)이다.
- 芊芊: 초목이 무성한 모양을 말한다. 위장(韋莊)의 시 〈長安淸明〉에 다음의 구절이 있다. "蚤是傷春夢雨天 可堪芳草更芊芊[어느새 가랑비 내리는 봄, 어찌 푸른 초목을 감당할까]."

결성의 사관으로 가며

수양버들 푸른 마을, 아침 안개 걷혀가고
옹암 지나니 광천이다
술 힘으로 농부들 보리타작 한창이고
모내는 노랫소리엔 풍년을 바라는 마음
꾀꼬리들 산속으로 날아들고
백로는 무슨 생각으로 무논에 내려앉는지
오늘 왔다 오늘 가지만
이젠 낯익은 언덕길, 풀만 무성하다

新安雜 (5)　　　신안잡 (5)

今我南來湖海濱　금아남래호해빈
又過六十七年春　우과육십칠년춘
淸貧産業愁燃桂　청빈산업수연계
潦倒功名困積薪　요도공명곤적신
積累仞山終到頂　적루인산종도정
浮沈苦海始知津　부침고해시지진
盤供藥草兼魚果　반공약초겸어과
時有山中衣繡人　시유산중의수인

- 燃桂: 생필품이 바닥난 것을 뜻한다. 『전국책(戰國策)』「초책삼(楚策三)」에 다음의 구절이 있다. "楚國之食貴於玉 薪貴於桂[초나라의 곡식은 옥보다 귀하고 땔나무는 계수나무보다 귀하다]."
- 潦倒: 실의하다. 쇠락하다.
- (원주) 朴御史永民來留 故及之[어사 박영민이 와서 묵었기에 언급했다]. (의수(衣繡)는 귀한 손님을 뜻한다.)

신안에서 (5)

남쪽 바닷가에 와
예순일곱 번째 봄을 보낸다
곤궁한 살림살이 말이 아니고
출셋길 막힌 이 몸, 땔감도 모자란 신세
산을 쌓으리라 끝내 노력했으나
험한 바다를 만나니 비로소 갈 길이 보인다
밥상에 약초와 생선, 과일을 곁들여 내는 것은
이 산중에 찾아온 귀한 손님 때문이고

小園晚春步歸 소원만춘보귀

半畝回塘小逕通	반무회당소경통
老夫病起步春風	노부병기보춘풍
芳陰勾引節頭綠	방음구인절두록
花雨黏緣屐齒紅	화우인연극치홍
雲白非關歌八伯	운백비관가팔백
山靑不欲換三公	산청불욕환삼공
形容野景消閑日	형용야경소한일
薄暮歸來月出東	박모귀래월출동

- 回塘: 논이나 밭의 둑을 뜻함. 송나라 왕안석(王安石)의 시 〈薔薇〉에 다음의 구절이 있다. "北山輸綠漲橫陂 直塹回塘灩灩時[북쪽 산 시냇물은 가로지른 못에 막혀 불어 있고 곧은 개울과 굽은 못엔 햇볕 아래 물빛 반짝인다네]."
- 節: 지팡이를 뜻한다.
- 屐齒: 나막신의 굽을 말한다.
- 八伯: 요순시대 8주의 장관을 이르는 말로 고귀한 벼슬을 뜻한다.
- 三公: 중국에서, 최고의 관직에 있으면서 천자를 보좌하던 세 벼슬을 말함. 주나라 때는 태사(太師) 태부(太傅) 태보(太保)가 있었고 진(秦)나라, 전한(前漢) 때는 승상(丞相) 태위(太尉) 어사대부(御史大夫), 또는 대사마(大司馬) 대사공(大司空) 대사도(大司徒)가 있었으며 후한(後漢), 당나라, 송나라 때는 태위(太尉) 사도(司徒) 사공(司空)이 있었다.
- 薄暮: 해가 진 뒤 어스레한 동안을 뜻한다.

늦봄의 뜰에서 거닐다

반 마지기 논둑으로 난 오솔길
봄바람 분다, 자리 털고 일어난 늙은이가 걷는다
녹음 짙으니 지팡이 초록으로 물들고
꽃비 내리니 나막신 붉게 물든다
하얀 구름, 요순시대의 것은 아니어서
제아무리 높은 벼슬이라도 푸른 산과 바꾸지는 않으리
자연을 노래하며 한가롭게 하루를 보내고
해 질 녘 돌아오니, 동쪽 하늘에 달이 불쑥!

暮春野步晚歸 모춘야보만귀

西湖勝日出東林　서호승일출동림
燕語鶯啼春正深　연어앵제춘정심
楊柳影牽遊子夢　양유영견유자몽
桃花氣醉韻人心　도화기취운인심
山要細翫頻停屐　산요세완빈정극
水欲閑聽獨抱琴　수욕한청독포금
薄暮歸來新月白　박모귀래신월백
無眠且就此宵吟　무면차취차소음

• 勝日: 친한 사람이나 벗들이 모이거나 풍경이 아름다운 날을 뜻하며 여기에
　서는 '날 좋은 날'을 말한다.
• 韻人: 운치가 있는 사람이란 뜻으로 여기에서는 시인 자신을 말한다.

봄 저무는 들판에서

날 좋은 날, 호숫가 숲으로 들어가니
제비 울고 꾀꼬리 지저귄다, 봄 깊어간다
나그네 꿈속으로 수양버들 그림자 드리우고
복사꽃 향기에 넋이 나간 시인이 하나,
걸음을 멈춘다, 산을 본다
마음으로 거문고 튕기며, 물소리에 귀를 기울인다
날 저물어 돌아오니 환한 달빛
잠 못 드는 이 밤, 또 시를 노래한다

春晚村居 (1)　　春만촌거 (1)

黃紙無名心已灰	황지무명심이회
如今萬事轉悠哉	여금만사전유재
兩三村落鷄聲在	양삼촌락계성재
百五東風燕子來	백오동풍연자래
瓮酒新篘三斗熟	옹주신추삼두숙
園花又報一枝開	원화우보일지개
老年不減登臨興	노년불감등림흥
落日春山步屧回	낙일춘산보섭회

- 黃紙: 관리를 뽑거나 실적을 평가할 때 성명을 기록하여 조정에 보고하는 황색의 종이를 뜻함.
- 心已灰: 마음이 타들어가 재가 되었다는 표현으로 소식(蘇軾)의 시 〈和秦太虛梅花〉에서 인용했다. "東坡先生心已灰 爲愛君詩被花惱[동파 선생 마음 이미 식어 재인데 그대의 시에 다시 꽃을 보고 상념에 젖어드네]."
- 新篘: 새로 거른 술을 뜻함. 소식의 시 〈和子由聞子瞻將如終南太平宮溪堂讀書〉에 "近日秋雨足 公餘試新篘[근래 가을비 많아 공무가 한가할 때 새로 거른 술을 맛보네]"라는 구절이 있다.
- 步屧: 걸어가다. 천천히 걷다. 『남사(南史)』 「원찬전(袁粲傳)」에 "袁粲 又嘗步屧白楊郊野間 道遇一士大夫 便呼與酣飲[백양나무 교외를 걷다가 길에서 사대부 한 명을 만났는데 곧 불러 술을 마시고 취했다]"라는 구절이 있다. 두보의 시 〈遭田父泥飲美嚴中丞〉에도 "步屧隨春風 村村自花柳[봄바람을 따라 교외를 걸으니 마을마다 온통 붉은 꽃 푸른 버드나무네]"라는 표현이 있다.

시골집의 늦봄 (1)

나라에선 기별 없고 마음 타들어간다
지나온 일들이 아득하다
닭이 운다, 이 마을 저 마을
한식날 봄바람에 제비가 난다
항아리엔 서 말 새 술이 익어가고
마당엔 새 꽃이 또 한 송이 핀다
나이 들어도 산행은 즐거워서
해 질 녘 봄 산에 뉘엿뉘엿 다녀온다

春晚村居 (2)　　春만촌거 (2)

七十五年轉眄過	칠십오년전면과
鬢間秋色更多多	빈간추색갱다다
風前柳絮驚春晚	풍전유서경춘만
雨後桃花奈老何	우후도화내노하
山影參差黃鳥樹	산영참치황조수
湖光放蕩白鷗波	호광방탕백구파
從知富貴須臾事	종지부귀수유사
始覺槐安一夢柯	시각괴안일몽가

- **轉眄**: 눈 깜짝할 사이. 두보의 시 〈曉發公安〉에 다음의 구절이 있다. "出門轉眄已陳跡 藥餌扶吾隨所之[문을 나가면 어느새 이곳도 지난 일 될 테고 약물은 내 의지할 바 되어 가는 곳마다 따라다니겠지]."
- **槐安一夢**: 괴안몽(槐安夢) 혹은 남가일몽(南柯一夢)을 뜻함. 꿈과 같이 헛된 한때의 부귀영화를 이르는 말. 중국 당나라의 순우분(淳于棼)이 술에 취하여 홰나무의 남쪽으로 뻗은 가지 밑에서 잠이 들었는데 괴안국(槐安國)의 부마가 되어 남가군(南柯郡)을 다스리며 20년 동안 영화를 누리는 꿈을 꾸었다는 데서 유래했다.

시골집의 늦봄 (2)

일흔다섯 속절없이 보내고
귀밑머리에 가을빛 완연하다
놀라지 말자, 버들개지 피면 봄 다 갔음을
비 맞으면 복사꽃도 늙는 법
꾀꼬리 앉아 우는 나무에 산 그림자 이리저리 드리웠고
흰 갈매기 자맥질에 호수 물빛 일렁인다
세상의 부귀영화만이 한순간일까
이젠 알겠다, 삶도 그저 한바탕 꿈이었음을

春晚村居 (3)　　春만촌거 (3)

山禽忽至似佳賓　　산금홀지사가빈
喚我昏昏午睡頻　　환아혼혼오수빈
欲偸閒有逍遙客　　욕투한유소요객
勿限醉無拘忌人　　물한취무구기인
書中任送鶯花月　　서중임송앵화월
詩裏收歸草木春　　시리수귀초목춘
秉燭夜遊何不樂　　병촉야유하불락
自來老境似奔輪　　자래노경사분륜

- 拘忌人: 구속하는 사람이 없다는 의미. 당나라 원결(元結)의 시 〈夜宴石魚湖作〉에 "坐无拘忌人 勿限醉与醒[좌중에 구속하는 사람 없으니 취할지 말지 신경 쓰지 말자]"라는 구절이 있다.
- 秉燭夜遊: 촛불 잡고 밤늦게 논다는 뜻. 이백(李白)의 시 〈春夜宴桃李園序〉에 "古人秉燭夜遊 良有以也[옛사람이 촛불을 잡고 밤늦게까지 노닐었던 것도 참으로 그 이유가 있었다]"라는 구절이 있다.

시골집의 늦봄 (3)

산새가 날아온다, 반가운 손님처럼
몽롱한 낮잠을 깨운다
조용히 시간 내어 자유롭게 거닐고
눈치 줄 이 없으니 마음껏 취하자꾸나
책에 묻혀 꽃 피고 꾀꼬리 우는 시절 보내고
시에 담긴 푸른 봄을 삼킨다
촛불 들어라, 밤놀이 즐겨보자
늙음은 내달리는 수레 같으니

晚春還山偶唫 만춘환산우금

白首宦情薄似紗　　백수환정박사사
十年旅食寄京華　　십년여식기경화
栗留語語千村柳　　율유어어천촌유
杜宇聲聲兩岸花　　두우성성양안화
老去病軀弱如草　　노거병구약여초
年來世味澹於茶　　연래세미담어다
何曾心上留名利　　하증심상유명리
猶得團圓好在家　　유득단원호재가

• 杜宇: 소쩍새나 두견새를 뜻한다.

늦은 봄날 산으로 돌아오다

머리 하얗게 세니, 벼슬 생각 천조각처럼 얇아졌다
그래, 객지 십 년 서울살이면 되었다
마을마다 수양버들, 꾀꼬리 노래하고
비탈길 꽃더미 소쩍새 우짖는다
늙어 몸은 풀처럼 힘이 없고
몇 년 사이, 사는 재미 차 맛보다 담박하다
부와 명예 마음에서 비워낸 지 이미 오래
이렇게 옹기종기 둘러앉은 가족을 얻었으니!

제2부

산은 자유로워 나 또한 그러하다

山自閑時我亦閑

初夏偶題　　　초하우제

一簟淸涼午睡長	일점청량오수장
燕泥歎我汚書床	연니탄아오서상
山禽聲破千林僻	산금성파천림벽
野犢耕餘數畝荒	야독경여수무황
老去四時都似電	노거사시도사전
年來雙鬢易成霜	연래쌍빈이성상
幽居更有欣然處	유거갱유흔연처
舊種辛夷已滿塘	구종신이이만당

• 燕泥: 제비가 집을 짓느라 물고 온 진흙을 뜻한다. 남조(南朝)의 양간문제 (梁簡文帝)가 남긴 시 〈和湘東王首夏詩〉에 다음의 구절이 있다. "燕泥銜復 落 鵑吟歜更揚[제비는 진흙 머금었다 떨어뜨리고 두견새 울음소리 그쳤다 이어지네]."
• 辛夷: 목란(木蘭)을 뜻하며 목련의 별칭이다.

초여름에 불현듯 쓰다

시원한 대자리 긴 낮잠
책상엔 제비가 떨구고 간 흙덩이
새 울자 숲의 고요함 날아가고
울퉁불퉁 몇 마지기 밭을 가는 송아지
늙은이의 계절은 빛보다 빨라서
귀밑머리 눈처럼 하얗다
그래도 고요한 이 집과 더불어 마음 둘 곳 있으니
목련 심어둔 연못가라, 꽃 핀다

還山有感　환산유감

幽居地僻少人尋　유거지벽소인심
飯後繩床例睡侵　반후승상례수침
看水每嘆如水逝　간수매탄여수서
歸山更願入山深　귀산갱원입산심
分明草末自來蝶　분명초말자래접
寥寂簷頭孤坐禽　요적첨두고좌금
聖代曾無丹袞補　성대증무단곤보
不才何妨老雲林　부재하방노운림

- 繩床: 새끼줄로 엮어 만든 침상을 뜻한다.
- 水逝: 빠른 세월을 비유한 표현이다. 『논어(論語)』「자한(子罕)」 편에 "子在川上曰 逝者如斯夫 不舍晝夜[공자가 시냇가에서, '가는 것이 이것과 같을진저! 낮과 밤을 쉬지 않는구나'라고 말했다]"라는 구절이 있다.

산으로 돌아오다

인적 드문 외딴집
오늘도 밥 먹고 평상에 누워 잔다
물을 보면 빠른 세월 안타깝고
산에 오면 더 깊은 산이 그립다
풀 위의 사뿐한 나비는 색이 고운데
처마의 새 한 마리 홀로 쓸쓸하구나
좋은 시절 임금 보필 제대로 못 했으니
보잘것없는 이 사람, 산에서 늙어간들 어떠리

夏日雨中書懷 하일우중서회

回雨疾風滿水涯	회우질풍만수애
山村欲暮數歸鴉	산촌욕모수귀아
車騎成陣全軍蟻	거기성진전군의
鼓吹同聲兩部蛙	고취동성양부와
雲樹參差墨濃澹	운수참치묵농담
烟簑飄亂綠橫斜	연사표난록횡사
老夫不是文章手	노부불시문장수
那將詩句對客誇	나장시구대객과

• 雲樹: 구름까지 높이 솟은 나무를 뜻한다.
• 簑: 짚이나 띠 따위로 엮어 허리나 어깨에 걸쳐 두르는 비옷인 도롱이를 말한다. 당나라 정곡(鄭谷)의 시 〈郊園〉에 다음의 구절이 있다. "煙簑春釣靜 雪屋夜棋深[도롱이에 낚시하니 봄은 고요하고 눈 덮인 초가에 바둑 두니 밤은 깊기만 하네]" 소식의 사(詞) 작품인 〈滿庭芳·蒙恩放歸陽羨複作〉에도 다음의 구절이 있다. "靑衫破 羣仙笑我 千縷掛煙簑[청삼이 낡아 천 가닥 실이 도롱이에 걸려 있는 내 모습을 비웃네]."
• 橫斜: 가로로 놓이거나 기울어진 모양을 뜻한다. 대체로 매화와 대나무 같은 꽃이나 나무의 가지와 그 그림자를 묘사할 때 쓰이는 표현이다. 송나라 임포(林逋)의 시 〈山園小梅〉에 다음의 구절이 있다. "疎影橫斜水淸淺 暗香浮動月黃昏[성긴 그림자 맑고 얕은 물 위에 가로 비끼고, 황혼 녘 달빛 속에 은은한 향기 떠도네]."

여름비

비바람 지나가자 냇물 넘치고
해 저물자 까마귀 산으로 돌아간다
개미들은 전차와 기병처럼 땅을 덮고
북 치고 장구 치듯 울어대는 개구리들
구름 위로 솟은 나무, 한 폭의 그림 같고
도롱이 바람에 날리니 녹음이 어지러운 듯
그러나 이 늙은이, 문장을 몰라서
시 쓴다 우쭐댈 일 없어라

夏日雨中登後麓 하일우중등후록

老去匆匆時物遷　　노거총총시물천
聊將詩句送流年　　요장시구송류년
節頭濕盡園中雨　　공두습진원중우
屐齒澹穿山下烟　　극치담천산하연
谷口春殘黃鳥樹　　곡구춘잔황조수
湖眉水接白鷗天　　호미수접백구천
此翁閑適渾無事　　차옹한적혼무사
一壑松風足晝眠　　일학송풍족주면

- 匆匆: 다급한 모양을 말한다.
- 時物: 계절의 풍경. 두보의 시 〈故著作郞貶台州司戶滎陽鄭公虔〉에 다음의 구절이 있다. "操紙終夕酣 時物集遐想[종이 펼쳐놓고 밤새 술 마시니 계절 경물에 아득한 생각을 모으네]."
- 流年: 흘러가는 세월을 뜻한다.

110

산기슭의 여름비

나이 들수록 세월만 덧없다
시 짓고 해를 넘기고 또 시를 짓는다
지팡이는 뒤뜰에서 젖고
산 아래 안개는 나막신에 묻어 온다
새 우는 나뭇가지엔 골짜기의 봄, 아직 남아 있고
흰 갈매기 날자 호수의 물은 하늘에 가닿는다
일없이 한가로운 늙은 이 몸
골짜기 솔바람에 기대 낮잠을 청한다

卜居 복거

林塘已卜沔陽東	임당이복면양동
白首辛勤種樹功	백수신근종수공
楊柳參差低水綠	양류참차저수록
櫻桃瀾熳滴階紅	앵도연만적계홍
世情盡付炎涼外	세정진부염량외
生計聊憑耕釣中	생계료빙경조중
明日湖邊晴亦好	명일호변청역호
遠尋芳草與誰同	원심방초여수동

- 沔陽: 면양성(沔陽城)을 말하며 충청남도 당진군 면천면(沔川面)을 가리킨다. 하강 선생은 1882년 증산 현령을 거쳐 면천 군수로 봉직된다. 그 뒤로 면천은 하강 선생의 근거지가 되었고 사후에 이곳에 묻힐 만큼 남다른 애정을 지녔던 것으로 보인다.
- 階: 섬돌을 뜻한다. 집채의 앞뒤에 오르내릴 수 있게 놓은 돌층계로 보통 댓돌이라고도 부른다.
- 炎涼: 추위와 더위 혹은 세력의 강함과 약함을 뜻하는데, 여기에서는 염량세태(炎涼世態)의 준말로 쓰였다. 염량세태는 뜨거웠다가 차가워지는 세상 풍속이라는 뜻으로 세력이 있을 때는 아첨하여 따르고 세력이 없어지면 푸대접하는 세상 인심을 비유적으로 이르는 말이다.
- 芳草: 향기롭고 꽃다운 풀을 뜻한다.

집터를 잡고

면양 동편 호숫가 숲에 터를 잡고
이 늙은 몸 부지런히 나무를 심었다
버들가지 푸르러 물에 닿을 듯 말 듯
활짝 핀 앵두꽃, 섬돌에 똑똑 떨어져 빨갛다
세상일은 세상더러 알아서 하라 하고
농사짓고 고기 잡아 먹고살면 그뿐
내일은 호숫가에 날 개어도 좋을 테니
멀리 방초 찾으러 누구와 함께 갈까

山齋病唫 산재병금

山齋寂寂關緇塵　　산재적적결치진
臥病西湖惱此身　　와병서호뇌차신
忽至園鶯如好友　　홀지원앵여호우
自來堂燕似嘉賓　　자래당연사가빈
仙家丹燒眞無術　　선가단소진무술
釋氏玄通定有因　　석씨현통정유인
爲卜幽塘閑度日　　위복유당한도일
莫敎花艸屬他人　　막교화초속타인

- 山齋: 산속에 지은 서재나 운치 있게 지은 집을 말한다.
- 緇塵: 검은 먼지, 즉 세속의 때를 가리킨다. 사조(謝脁)의 시 〈酬王晉安〉에
  "誰能久京洛 緇塵染素衣[누가 오래도록 서울에 머물까, 검은 먼지가 흰옷을
  물들이니]"라는 구절이 있다.
- 丹: 연단(鍊丹)을 뜻한다. 수은으로 황금이나 불로불사의 묘약을 만드는 일
  종의 연금술을 뜻하거나, 몸의 기운을 단전에 모아 몸과 마음을 수련하는 일
  을 뜻한다. 여기에서는 두 번째 뜻으로 쓰였다.

산재에서 앓다

속세의 티끌 하나 없는 적막한 산재
물가에 병들어 누우니, 마음 참 쓰다
뜰에 찾아온 꾀꼬리는 좋은 벗과 같고
집 안에 깃든 제비는 반가운 손님 같네
도교의 수양법 전혀 아는 바 없고
불교의 높은 경지도 나와는 인연이 없으니
고즈넉한 물가에 집 짓고 그저 조용히 지내자꾸나
누구의 꽃도 아닌 나만의 꽃들을 위해

夏日山中　하일산중

四月飜回五月初　사월번회오월초
隰桑繞屋綠扶疎　습상요옥록부소
床頭溽熱蒸雲際　상두욕열증운제
簾角浮凉驟雨餘　염각부량취우여
山客病軀所須藥　산객병구소수약
圃翁滋味且安蔬　포옹자미차안소
家傭努力欣然意　가용노력흔연의
旣種山田亦旣鋤　기종산전역기서

- 扶疎: 가지와 잎이 무성해 어지럽게 풀어헤쳐진 모양을 뜻한다.
- 溽熱: 습하면서 답답할 정도로 더운 것을 일컫는다.
- 浮凉: 가벼운 서늘함을 뜻한다.
- 滋味: 자양분이 많고 좋은 맛, 또는 그러한 음식을 말한다.

여름 산에서

음력 4월 가고 어느새 5월
집을 뱅 둘러 뽕나무 초록으로 우거진다
후텁지근한 침상 위로 찌는 듯 뭉게구름 피어오르더니
소낙비 지나가자 주렴으로 불어오는 서늘한 바람
이 산골에서 병든 나에게 필요한 건 약이지만
밭일하는 노인에겐 푸성귀가 최고라네
힘든 일에도 흥을 내는 품팔이꾼들
산밭에 씨 뿌리고 또 김을 맨다네

蒙山別業　　몽산별업

日日山樓自在慵　　일일산루자재용
此間不與市塵通　　차간불여시진통
心遊山北烟霞裏　　심유산북연하리
跡寄江南雲水中　　적기강남운수중
老圃瓜花新過雨　　노포과화신과우
小園桃葉不禁風　　소원도엽불금풍
當年裘馬豪華客　　당년구마호화객
豈料今爲一釣翁　　기료금위일조옹

• 烟霞: 안개와 노을을 뜻한다. 고요한 산수의 경치를 비유적으로 이르기도 한다.

몽산 별장

산속 누각에서 빈둥거리길 매일매일
세상 먼지 닿을 일 없는 이곳
마음은 산 북쪽 고요한 풍경 속에 거닐고
몸은 강의 남쪽 물가에 맡긴다
해묵은 밭 오이꽃에 또 비 떨어지고
작은 뜰의 복숭아 잎은 바람에 위태롭다
비싼 옷에 좋은 말 타며 호사했던 내가
고기 잡는 노인 될 줄 생각이나 했을까

山居漫唫   산거만금

澹烟起處見疎籬	담연기처견소리
山屋東邊有小池	산옥동변유소지
携酒村童來問字	휴주촌동래문자
汲泉廚婢略知詩	급천주비략지시
黃葵滿院新花坼	황규만원신화탁
翠竹穿階舊種移	취죽천계구종이
更向淸風北窓臥	갱향청풍북창와
昏昏然睡午支離	혼혼연수오지리

• 舊種移: 직역하면 '옛 뿌리가 옮겨간다'이다. 대나무는 뿌리로 번식하는데 뿌리가 잔디와 비슷하게 땅속에서 뻗어 나가면서 마디마디에서 싹을 틔워 내면서 죽순을 밀어 올린다. 이것을 시인은 '옛 뿌리가 옮겨간다'고 표현한 것이다. 한자로는 멋진 표현이지만 한글 번역으로는 시어의 맛을 살리기 쉽지 않아 '섬돌 주변'과 어우러지도록 '삐죽삐죽 죽순 올라온다'로 번역했다.

산에 살다

피어오른 안개가 울타리 되어주는
산골 집 동쪽의 작은 연못
마을 아이들, 술 들고 글 배우러 찾아오고
물 긷는 계집종도 곧잘 시를 흥얼거린다네
노란 해바라기 뜰에 가득 피었고
섬돌 주변엔 삐죽삐죽 죽순 올라온다
북쪽 창에 누우니 맑은 바람 불어오고
늘어진 낮잠에 하루가 길어라

山家卽景 산가즉경

老去年來不整冠 노거년래불정관
鏡中鬢髮漸衰殘 경중빈발점쇠잔
亭亭桐葉依雲碧 정정동엽의운벽
箇箇葵花向日丹 개개규화향일단
籬末匏低懸白小 이말포저현백소
田間瓜老臥黃團 전간과노와황단
清宵更倚南窓坐 청소갱의남창좌
無數蛩音滿地寒 무수공음만지한

• 亭亭: 산이 솟아 있는 모양이 우뚝하다는 뜻이다. 나무 따위가 높이 솟아 우뚝한 상태를 뜻하기도 한다.
• 葵花: 해바라기나 접시꽃을 뜻한다. 접시꽃은 촉규화(蜀葵花)라고도 한다.

산골에서

웃옷 입고 갓 쓸 일 없이 해를 보내며 늙어간다
거울 보니 귀밑머리 점점 하얗다
쭉쭉 자란 오동나무, 흰 구름에 푸르고
햇살 아래 접시꽃은 송이송이 빨갛다
울타리에 매달린 조롱박 하얗고
밭에 뒹구는 둥근 참외 노랗다
청명한 밤, 남쪽 창가에 기대앉으니
요란한 벌레 소리에 밤 공기 싸늘하다

還家

환가

路出淸溪白石間　　노출청계백석간
鳥邊山色卽蒙山　　조변산색즉몽산
桃花一樹猶無恙　　도화일수유무양
未發離家已發還　　미발리가이발환

- 淸溪白石間: 유성룡(柳成龍)의 편지글 「答李叔平」에 다음과 같은 구절이 있다. "이곳에 진달래꽃이 많이 핍니다. 매년 봄에서 여름 사이 맑은 시내 흰 돌 틈에 어지럽게 피어나니 몹시 즐길 만합니다. 내년 이맘때 별다른 일이 없으면 벗들과 며칠 다니면서 세상에 찌든 때를 벗겨 내고 싶은데 그렇게 할 수 있을까요(此地多躑躅. 每春 夏之交 亂發於淸溪白石間 最爲奇玩 明年此時 此身幸得無事 可與吾友逍遙數日 以償塵土十年宿債 而人事又可必耶)?"
- 鳥邊山色: 주세붕(周世鵬)의 시〈路中口占〉에 다음과 같은 구절이 있다. "百代英雄一鳥飛 鳥邊山色欲擎暉 先吾探歷知多少 獨有沙梁大筆揮[백 세대의 영웅 새처럼 날아오르니 새 곁으로 보이는 산 빛 찬란하네. 나보다 먼저 두루 찾아본 이 얼마나 될까? 오직 신라의 대문인 최치원 혼자라네.]"

집에 들다

맑은 골짜기, 하얀 돌무더기로 사잇길 나 있는
새 날아오르고 산 아름다운 곳, 몽산
무사했구나, 복사꽃나무 한 그루!
떠날 때 아직이더니, 돌아오니 피어 있구나

山家

산가

莫說湖鄉不可居　　막열호향불가거
此心安處是吾廬　　차심안처시오려
渾忘世味門常掩　　혼망세미문상엄
父子同鋤數畝蔬　　부자동서수무소

• 此心安處是吾廬: 백거이(白居易)의 시 〈種桃杏〉에 있는 다음 구절을 전범으로 삼아 지은 시구이다. "無論海角與天涯 大抵心安卽是家[바닷가든 하늘가든 대체로 마음이 편안하면 그곳이 내 집이다.]"

산속의 집

물가에서 살기 나쁘다 하지 마라
마음 편하면 그곳이 내 집
세상일 죄다 잊고 문 닫아걸고는
옹기종기 아버지와 아들이 채마밭 김을 맨다

山曉閣言懷　　산효각언회

柴門定在水雲鄕　　시문정재수운향
回首紅塵意已忘　　회수홍진의이망
雨過庭梧初聳翠　　우과정오초용취
風微山杏忽飜黃　　풍미산행홀번황
秪緣薄宦眞衰老　　지연박환진쇠노
欲避危機故醉狂　　욕피위기고취광
多情最是蒙山色　　다정최시몽산색
爲我慇懃背短墻　　위아은근배단장

- 柴門: 사립짝을 달아서 만든 사립문을 뜻한다.
- 紅塵: 번거롭고 속된 세상을 비유하는 말이다.
- 聳翠: 산이나 나무가 높이 솟고 푸른 모양을 일컫는다.

산효각에서

물과 구름의 마을에서 사립문 달아 걸고
세상 미련 잊은 지 오래
뜰에는 비 맞은 오동나무, 푸른 기운 넘치고
산들바람에 살구나무, 노랗게 익어간다
그저 그런 벼슬하다 늙어갔고
취한 척 미친 척 버텨온 날들
다정하기로는 몽산의 아름다움이 으뜸이라
괜찮다, 괜찮다, 기댈 담장 되어준다

自京下汾陽轉向沔陽 자경하분양전향면양

便下汾陽向沔陽　편하분양향면양
客中三月去堂堂　객중삼월거당당
花前詩事靑春老　화전시사청춘노
竹裏棋聲白日長　죽리기성백일장
樹樹天晴禽對語　수수천청금대어
村村雨過艸生香　촌촌우과초생향
忽忽何事重來客　총총하사중래객
慣眼靑山似故鄕　관안청산사고향

• 汾陽: 분수(汾水)의 북쪽이라는 뜻이다. 분수(汾水)는 임진강의 지류 이름이
다. 참고로 분수(汾水)는 한무제(漢武帝)가 배를 띄우고 놀며 「추풍사(秋風
辭)」를 지은 강 이름이기도 하다.

서울에서 분양으로 왔다가 다시 면양으로 가며

분양에 들러 곧장 면양으로 왔는데도
그 길로 춘삼월이 보기 좋게 가버렸다
꽃 앞에서 시 지으니 봄 깊어가고
대나무 숲 바둑돌 소리에 하루해가 길구나
날 개니 나무마다 새들 지저귀고
비 지나가자 마을마다 풀 냄새 향기롭다
발걸음 재촉해 돌아온 이유 알까
고향 산이 꼭 이렇게 푸르렀다지

新安雜 (4)

신안잡 (4)

林泉曲折遠通溪	임천곡절원통계
秖爲村村灌稻畦	지위촌촌관도휴
山杏樹頭幽鳥語	산행수두유조어
海棠花下健鷄啼	해당화하련계제
雨餘客去烏山北	우여객거오산북
烟際人來鶴峴西	연제인래학현서
樓外夕陽無限好	누외석양무한호
短簑長篴過前堤	단사장적과전제

- 秖: '다만', '마침', '딱 맞게'의 뜻으로 쓰인 부사어이다.
- 健鷄: 병아리를 뜻한다. 이 구절을 직역하면 '해당화 아래에는 병아리들 울 어댄다'이지만 시의 속도감과 리듬감을 살리고자 '해당화 아래엔 병아리들 삐악삐악'으로 번역했다.
- 長篴: 적(篴)은 적(笛)과 같은 글자로 피리라는 뜻이다.

신안에서 (4)

숲의 샘물, 굽이굽이 냇가로 흘러들어
마을 곳곳 논을 적신다
새들은 살구나무 가지에서 지저귀고
해당화 아래엔 병아리들 삐악삐악
비 그치자 길손은 오산 북쪽으로 떠나고
시인은 안개 이는 학현 서쪽으로 돌아온다
누대 밖 노을일랑 아름답기 그지없어
도롱이 쓰고 피리 불며 둑을 지나가네

新城賦歸後作 신성부귀후작

五月江南梅雨飛	오월강남매우비
山齋晝寂見人稀	산재주적견인희
身如老馬誰增價	신여노마수증가
心似閒鷗獨息機	심사한구독식기
明月自來還自去	명월자래환자거
白雲無是又無非	백운무시우무비
田園樂事今眞得	전원락사금진득
莫恨摧頹白髮歸	막한최퇴백발귀

- 이 작품은 연작 〈新城賦歸後作 三首〉 가운데 첫 번째 시이다.
- 息機: 기심(機心)을 멈춘다는 뜻이다. 기심(機心)은 사사로운 이익을 위해 기교와 거짓을 일삼는 마음을 가리키는 말이다. 『장자(莊子)』「천지(天地)」에 다음의 구절이 있다. "내가 나의 스승께 들은 말인데, 기계를 가지고 있는 사람은 반드시 기계를 쓸 일이 있게 되고, 기계를 쓰는 일이 있는 자는 반드시 기계에 관한 마음 쓰임이 있게 된다. 기계에 관한 마음 씀이 가슴 속에 존재하면 순백의 깨끗함이 갖추어지지 않게 된다(吾聞之吾師 有機械者必有機事 有機事者必有機心 機心存於胸中 則純白不備)."

신성을 떠나며

5월, 강 남쪽은 장맛비
산속의 집, 찾는 이 없이 쓸쓸한 대낮
육신은 값 떨어진 늙은 말과 같으나
마음만은 맑고 자유로운 한 마리의 갈매기
환한 달빛 그렇게 왔다가 그렇게 가고
하얀 구름 옳고 그름 따지지 않는다
시골 생활의 더없는 참맛을 알았으니
다 늙어 백발로 돌아온다 한들, 슬플 일 없어라

新城館夏日　　신성관하일

黃麥連雲野色饒	황맥연운야색요
新安城外聽農謠	신안성외청농요
數椽何日安容膝	수연하일안용슬
五斗殘年懶折腰	오두잔년라절요
山裏勿營三窟兎	산리물영삼굴토
林間自足一枝鷦	임간자족일지초
癡丞閒坐無公事	치승한좌무공사
幽鳥時鳴破寂寥	유조시명파적료

• 五斗: 몸을 굽혀 다른 사람을 섬긴다는 뜻이다. 남조 양나라의 소통(蕭統)이
엮은 『문선(文選)』「도연명전(陶淵明傳)」에 다음의 구절이 있다. "不爲五斗
米 折腰向鄕裏小人[다섯 말 곡식 때문에 향리의 소인에게 허리를 굽히지 않
네]."

신성관의 여름

누런 보리, 구름처럼 들판을 덮어 풍요롭고
신안성 밖에선 농민의 노래 들려온다
관아 지붕 아래, 가시방석 같지만
남은 생, 봉록 때문에 굽실거리기 싫으니
산속이라, 토끼굴 세 개나 필요 없고
숲 속이라, 새에겐 나뭇가지 하나면 그뿐
미련한 원님은 하릴없이 멍하니 앉았는데
가끔 적막을 깨는 새소리에, 깜짝!

蘇營

소영

西風一上鎭南樓	서풍일상진남루
海色天容日夜浮	해색천용일야부
烟景留人無限好	연경유인무한호
飄然身若挾仙遊	표연신약협선유

• 鎭南樓: 충청남도 보령시 오천면 소성리 소재 오천성(鰲川城) 안에 있던 문루를 가리킨다.
• 日夜浮: 두보의 시 〈登岳陽樓〉에, "吳楚東南坼 乾坤日夜浮[오초는 동남으로 갈라져 있고 건곤은 밤낮으로 떠 있네]"라는 구절이 있다.

소영에서

서쪽에서 바람 불어 진남루에 오른다
하늘 닮은 바다 물빛, 낮이나 밤이나
그 아름다움에 취해 아련히 있자니
문득 이 몸, 신선과 함께하는 듯

小岳樓

소악루

蘇營自古擅南州　　소영자고천남주
縹緲西飛海上樓　　표묘서비해상루
如聽洞庭軒樂奏　　여청동정헌악주
平生奇絶又茲遊　　평생기절우자유

• 洞庭: 동정호(洞庭湖)를 뜻한다. 중국 호남성 북부에 있는 중국에서 가장 큰 민물 호수로 양자강의 지류에 있다. 예로부터 많은 시인이 찾아 작품을 남긴 곳으로 유명하다.
• 軒樂: 황제의 음악이라는 의미이다. 『장자(莊子)』「지락(至樂)」에, 헌원(軒轅) 즉 황제(黃帝)가 동정의 들판에서 함지(咸池)라는 곡을 연주하자, 새가 듣고는 높이 날아가고 짐승들도 모두 달아났다는 이야기가 실려 있다. 송나라 육유(陸游)의 시 〈岳陽樓〉에 다음의 구절이 있다. "天風忽吹不得住 東下巴峽 泛洞庭 軒皇張樂雖已矣 此地至今朝百靈[바람이 문득 불어 머물 수가 없기에, 동으로 파협을 내려와 동정호에 떠 있네. 헌황의 음악 비록 끝났다고 하지만, 이 땅에는 지금까지 온갖 신령 조회하네]."

소악루

대대로 소영은 남녘 고을의 으뜸
누대는 서해의 옥색 바다 위를 나는 듯한데
동정호에 울리는 헌원의 연주, 생생한 듯
죽기 전에 꼭 봐야 할 풍경!

蘇營卽事

소영즉사

山碧凌虛閣   산벽능허각
水明永保亭   수명영보정
西湖無限景   서호무한경
盡是在蘇營   진시재소영

• 凌虛閣: 충남 보령 오천성 안에 있던 누각이다.

아! 소영

푸른 산 능허각
맑은 물 영보정
서해안의 모든 아름다움이
이곳에 있다네

蘇營

소영

寥落故營問幾年	요락고영문기년
百家生計轉悽然	백가생계전처연
半天樓閣靑山下	반천누각청산하
滿地江湖白髮前	만지강호백발전
紅杏東風開酒店	홍행동풍개주점
綠楊細雨送漁船	녹양세우송어선
海隅今日蒼生業	해우금일창생업
曠蕩天恩下萬錢	광탕천은하만전

• (원주) 度支大臣沈相薰 筵稟 劃下還穀一千石[탁지대신(度支大臣) 심상훈(沈相薰)이 경연에서 품주하여 환곡 일천 석을 내려주셨다].

144

소영

무너진 옛 군영, 몇 년이나 지났는지
백성의 살림살이 갈수록 구슬프다
푸른 산 아래 누각은 하늘을 반이나 가리고
드넓은 대지엔 강과 호수, 백발노인 앞에 펼쳐진다
동풍에 실려온 붉은 살구꽃, 주점의 문을 두드리고
가랑비에 젖은 푸른 버들, 고기잡이배 배웅한다
바닷가 한 귀퉁이, 백성의 삶의 터전이라
넓디넓은 나라님의 은혜, 만전을 내리셨다

大川橋途中 (1)　　대천교도중 (1)

肩輿南出大川橋　　견여남출대천교
橋柳青青影動搖　　교류청청영동요
五月烏棲山下路　　오월오서산하로
林花無數向人嬌　　임화무수향인교

- 烏棲山: 지금의 충청남도 홍성군 광천읍 담산리에 있다.
- 向人嬌: 성현(成俔)의 시 〈陌上桑〉에 다음의 구절이 있다. "向人嬌笑一嫣然 不知臺上已注目[사람들을 향해 싱긋 웃음 짓는데 누대 위에서 벌써 주목하 는 줄 모르네]."

대천교를 건너며 (1)

가마 타고 남쪽으로 대천교 건너자니
푸른 수양버들 물그림자 아롱진다
5월이라, 오서산 아랫길로
수없는 꽃나무들 나를 향해 웃어준다

大川橋途中 (2)   대천교도중 (2)

五月看看芒種過   오월간간망종과
野渠成雨插秧多   야거성우삽앙다
盡日巖田耕火者   진일암전경화자
叱牛如哭又如歌   질우여곡우여가

• 芒種: 24절기 중 아홉 번째에 해당하는 절기이다. 소만(小滿)과 하지(夏至)
  사이에 들며 양력으로 6월 초순쯤 된다. 망종이란 벼와 같이 수염이 있는 까
  끄라기 곡식의 종자를 뿌려야 할 적당한 시기라는 뜻으로, 모내기와 보리 베
  기에 알맞은 때이다.
• 耕火: 도경화종(刀耕火種)의 준말이다. 원시적인 농경법으로 나무를 베어낸
  뒤 그루터기와 풀을 태우고 구덩이를 파서 씨를 심는 방법이다.

대천교를 건너며 (2)

5월도 잠깐이라 망종 지나가고
봇도랑으로 빗물 받아 모내기가 한창
온종일 자갈밭에 화전을 일구는 농부
소 모는 소리, 우는 듯 노래하는 듯

大川橋途中 (3)　　대천교도중 (3)

暮向靑淵驛路迴　　모향청연역로회
圃家欲雨菜根培　　포가욕우채근배
行行却喜新城近　　행행각희신성근
烏史晴光滿眼來　　오사청광만안래

- 靑淵驛: 옛 충청도 보령현(保寧縣)에 있던 역(驛) 이름이다. 조선 시대의 인문지리서 『신증동국여지승람(新增東國輿地勝覽)』 제20권에 "보령현 남쪽 6리에 있다"고 되어 있다.
- 烏史: 홍주군(洪州郡)에 딸린 면(面)의 이름이다. 지금은 근처의 일부 지역이 더해져 홍성군(洪城郡) 장곡면(長谷面)으로 개칭되었다.

대천교를 건너며 (3)

날 저물어 청연 역참으로 돌아드니
비 소식에 농가에선 채소밭에 북을 준다
즐겁게 재촉한 길 신성이 가까워지니
눈앞엔 오사 마을 맑은 하늘이 그득히

訪北渚金上舍宅圭 　방북저김상사택규

漢文	한글 음
我來城北披幽襟	아래성북피유금
藤簟淸凉汎綠陰	등점청량범녹음
斷送鶯聲纔興漫	단송앵성재흥만
近聞蟬語又情深	근문선어우정심
道心始見一間達	도심시견일간달
詩事猶多三上吟	시사유다삼상음
記得此山風景異	기득차산풍경이
水流花謝古非今	수류화사고비금

• 三上: 삼상은 마상, 침상, 측상이다. 송나라 구양수가 『귀전록(歸田錄)』에 "내가 평생 지은 문장은 대부분 세 곳에서 지은 것이니, 곧 말 위, 이불 위, 변기 위에서였다(余平生所作文章 多在三上 乃馬上一 枕上 厠上也)"라고 쓴 데서 유래했다. 따라서 이 구절을 직역하면 '시는 여전히 삼상에서 읊조리네'가 되지만, 여기에서는 바로 위 구절과의 대구(對句) 관계를 살리고자 '시란 써지는 때가 따로 있는 법'으로 번역했다.

김택규의 집을 찾아가

성북동에 놀러 와 속 이야기 나누는데
등나무 아래 시원한 대자리로 녹음 드리운다
꾀꼬리 울음소리 떠나보내고 즐거울 일 없더니
찾아온 매미 소리에 불현듯 뭉클해지는 이 마음
삶의 이치야 한 번 배우면 알 수 있지만
시란 써지는 때가 따로 있는 법
이 산의 풍경 잘 새겨둬야지
물 넘치고 꽃 졌으나 이런 날 없었으니

次姪婿宋持興韻 차질서송지홍운

薔薇花盡蜀葵開	장미화진촉규개
逆旅光陰倍覺催	역려광음배각최
流水淸音生枕席	유수청음생침석
靑山遠影入樓臺	청산원영입누대
人間寂寂燕鶯去	인간적적연앵거
客裏恩恩蟋蟀回	객리총총실솔회
但少閑人如爾我	단소한인여이아
不期而往不期來	부기이왕불기래

- 逆旅: 객사나 여관을 뜻한다.
- 光陰: 햇빛과 그늘, 즉 낮과 밤이라는 뜻으로, 시간이나 세월을 가리킨다.
- 客裏: 고향을 떠나 객지에 있는 기간을 뜻한다.
- 恩恩: 몹시 급하고 바쁜 모양을 말한다.
- 但少閑人如爾我: 직역하면 '우리처럼 느리게 사는 이 누구인가'가 된다. 이 구절은 소식의 산문 「記承天夜游」에 나오는 다음 구절과 관련이 깊다. "何夜 無月 何處無竹柏 但少閑人如吾兩人者耳[어느 밤인들 달이 없겠으며 어느 곳 인들 대나무 측백나무가 없겠는가? 다만 우리 두 사람처럼 한가한 사람은 없 을 것이다.]" 이런 맥락에서 여기에서는 한가한 상태를 강조하고 조카사위 를 향한 화답의 시라는 데 중점을 두어 '느리게 더 느리게 살자꾸나'로 번역 했다.

조카사위 송지홍에게

장미꽃 지고 접시꽃 피었다
타향살이 곱절이나 빠르게 흐르고
머리맡엔 맑은 물소리
망루에는 청산의 먼 그림자
새들은 날아갔고 적막만 남았는데
객사엔 벌써 귀뚜라미 돌아왔다
느리게 더 느리게 살자꾸나
때 없이 갔다가 때 없이 돌아오면 그뿐

還山 환산

人世年年非舊事　　인세년년비구사
有山何事不歸山　　유산하사불귀산
休官臥穩衡門下　　휴관와온형문하
山自閑時我亦閑　　산자한시아역한

• 衡門: 나무를 가로질러 만든 보잘것없는 문으로, 안분자족(安分自足)하는 은자(隱者)의 거처를 뜻한다. 『시경(詩經)』〈형문(衡門)〉에 다음의 구절이 있다. "衡門之下 可以棲遲[형문 아래에서 한가히 지낼 만하다]."

156

산에 들다

해마다 변해가네 세상이여
산이 있으니 산으로 돌아올 일
벼슬 내려놓고 그저 통나무 아래 눕는다
산은 자유로워 나 또한 그러하다

제3부

빌어먹을 가을비

秋雨歎

新安秋懷 (1)　　　신안추회 (1)

人間寂寂燕鶯忙　　인간적적연앵망
又聽蛩音繞曲廊　　우청공음요곡랑
七月新安城下路　　칠월신안성하로
黃瓜紫李一村香　　황과자리일촌향

- 曲廊: 행랑과 담장 사이에 여러 가지 형식으로 조성한 작은 정원을 뜻한다. 꽃이나 돌로 아기자기하게 꾸며 곡랑을 이룬다.
- 一村香: 온 마을이 향기롭다는 뜻이다. 김정희(金正喜)의 『완당전집(阮堂全集)』 제10권 「송경도중(松京道中)」에 다음의 구절이 있다. "野笠卷風林雨散 人蔘花發一村香[삿갓이 바람 타자 수풀 비 흩날리니, 인삼 꽃 피어 한 마을이 향기로세]."

신안의 가을 (1)

온 세상 적막한데 제비와 꾀꼬리 분주하고
행랑을 휘감는 귀뚜라미 소리
음력 7월의 신안성 아랫길은
마을 가득, 오이 자두 익어가는 향기

新安秋懷 (2)　　　신안추회 (2)

梧雨新晴天正秋　　오우신청천정추
何人不起故園愁　　하인불기고원수
此翁亦豈無心者　　차옹역기무심자
管領西湖月一樓　　관령서호월일루

- 故園: 고향을 뜻한다. 당나라 낙빈왕(駱賓王)의 시 〈晩憩田家〉에 다음의 구절이 있다. "唯有寒潭菊 獨似故園花[오직 찬 연못가에 국화가 있어 고향의 꽃 같아라]."
- 管領: '맡아서 다스리다', '주관하다'의 뜻. 여기에서는 서호 달 비친 누각의 아름다움을 하늘이 내려주었는데 내가 그 아름다움을 발견하고 누리는 책임을 다하겠다는 의미로 쓰였다. 서거정(徐居正)의 시 〈題秋江釣船圖〉에 다음의 구절이 있다. "風月一江都管領 金章不換此漁竿[강의 바람과 달을 모조리 차지했으니, 이 낚싯대는 고관대작과도 안 바꾸겠네]."

신안의 가을 (2)

오동나무에 비 지나가니 정말 가을이라
누구라도 그리운 고향 집 생각날 터
이 늙은이도 마음 같지만, 어찌하겠는가
서쪽 호수 달빛 아래 누대가 내 것인 것을

早發新城 (1)　　조발신성 (1)

八月中旬天正凉	팔월중순천정량
秋風又作錦江行	추풍우작금강행
泉聲過耳疑踈雨	천성과이의소우
樹影當頭轉夕陽	수영당두전석양
山果垂垂或紅黑	산과수수혹홍흑
野禾瑟瑟半靑黃	야화슬슬반청황
看看却喜靑城近	간간각희청성근
慣眼村容似故鄕	관안촌용사고향

- 新城: 충청남도 보령군의 현청이다. 조선 시대 중기에 새로 성을 쌓았기에 '신성'이라 불렸다.
- 當頭: 맞은편, 건너편, 바로 앞을 뜻한다.
- 瑟瑟: 바람에 가볍게 흔들리는 모양을 말하며, 바람이 살랑살랑 불거나 흔들리는 모습을 뜻한다.
- 看看: 시간을 헤아리는 말로, 점점, 순식간에 등의 뜻이 있다.
- 靑城: 지금의 충청남도 청양군(靑陽郡)이다.

신성의 아침 (1)

8월 중순의 하늘은 맑고 시원해
가을바람에 금강을 다시 찾는다
샘솟는 물소리 가느다란 빗소리 같고
나무 그림자는 노을에 물들어가네
주렁주렁 산과는 검붉게 익어가고
푸르스름 노르스름 들판의 벼들
휘휘 걸어가며 청성에 가까워지니
낯익은 마을 풍경, 꼭 고향을 닮았네

新城秋雨 신성추우

南來宦跡一年秋　　남래환적일년추
海郡蒼生入我愁　　해군창생입아수
斷角殘鍾無睡夜　　단각잔종무수야
一燈踈雨海山樓　　일등소우해산루

• 斷角: 드문드문 이어지는 피리 소리를 뜻한다. 송나라 육유(陸遊)의 시 〈夜坐〉
에 다음의 구절이 있다. "驚鴻避弋鳴煙渚 斷角淩風上雪雲[놀란 기러기 주살
을 피해 연기 낀 물가에서 울고, 드문드문 화각 소리 바람을 뚫고 눈구름으
로 오르네]."
• 海山樓: 지금의 충청남도 보령에 있는 보령읍성의 남문에 설치된 누각이다.

신성의 가을비

남쪽의 벼슬살이 벌써 가을인데
바닷가 백성들은 살림살이 무사한지
피리 소리, 새벽종 소리에 잠 못 드는 밤
비 내리는 해산루엔 외로운 등불 하나

自怡堂雜詠 (2) 자이당잡영 (2)

勞勞六十七年秋　노로육십칠년추
又到南州倍我憂　우도남주배아우
今日客從淵驛院　금일객종연역원
西風人臥海山樓　서풍인와해산루
丹心難作忠臣杜　단심난작충신두
白髮慙非太守歐　백발참비태수구
五斗箰來非不足　오두산래비부족
此生於世更何求　차생어세갱하구

• 丹心難作忠臣杜 白髮慙非太守歐: 직역하면 '일편단심은 두보 같은 충신 되기 어렵고, 백발은 구양수 같은 태수 아니라 부끄럽네'이다. 이 둘은 훗날 시(詩)의 대가로 추앙받지만, 실제로 두보는 조정에서 1년 만에 지방으로 좌천된 뒤 중앙으로 복귀하지 못한 경력이 있고 구양수는 과거시험 감독관이었다가 왕안석의 신법에 반대해 관직에서 밀려난 경력이 있다. 아마도 하강 선생은 이들의 정치 인생에 동병상련을 느끼는 동시에 대시인을 향한 존경의 마음을 담아 자신의 노년을 관조한 듯하다.

자이당에서 (2)

열심히 달려온 예순일곱 해의 가을
다시 찾은 남쪽 고을, 걱정은 곱절이라
오늘은 연역원에 손님이 찾아왔고
서풍 불 땐 해산루에 누웠었지
마음이야 두보처럼 짓고 싶지만
이리 늙어 구양수에도 못 미치네
봉록 따져보면 그럭저럭 견딜 만하니
남은 생, 더 욕심낼 것도 없어라

永保亭卽景 (1) 영보정즉경 (1)

春風到此又秋風	춘풍도차우추풍
白髮頹然一醉翁	백발퇴연일취옹
樓閣荒凉離亂後	누각황량리난후
江山寂寞畵圖中	강산적막화도중
雙松何槁千年碧	쌍송하고천년벽
三樹猶榮百日紅	삼수유영백일홍
自古有名如翼句	자고유명여익구
朴公之外更無公	박공지외갱무공

- 永保亭: 충남 보령의 영보정은 조선 최고의 명승지로 유명했다.
- (원주) 翠軒朴誾 題板上詩 有地如拍拍爭飛翼之句 故云[취헌 박은이 판목에
  제한 시에, "땅은 푸드덕푸드덕 다투어 날개를 치는 듯하네"라는 구절이 있
  어 말하였다.]

영보정 풍경 (1)

봄바람에 와서는 가을바람 맞으니
백발로 꼬부라진 술 취한 늙은이
전쟁 뒤라 누각은 초라하기 그지없고
강산은 그림 속 풍경인 듯 적막하기만
그래도 저 한 쌍의 소나무 천 년을 푸를 터
백일홍 세 그루도 꽃 아직 한창이네
"이 땅은 푸드덕거리는 새의 날개"라 읊은
박은의 시 곱씹어본다

永保亭卽景 (2)　　영보정즉경 (2)

自古此樓湖上浮	자고차루호상부
保寧太守又玆遊	보령태수우자유
魚龍氣冷千家夜	어룡기랭천가야
鴻雁聲高萬帆秋	홍안성고만범추
鰲島縈迴城一面	오도영회성일면
烏棲縹緲野東頭	오서표묘야동두
晴景如今無限好	청경여금무한호
蒹葭楊柳滿汀洲	겸가양류만정주

- 魚龍: 물고기와 용으로 일반적으로 비늘이나 딱지가 달린 수족(水族)을 가리킨다. 어룡야(魚龍夜)는 가을날을 의미한다. 두보의 〈秦州雜詩〉에, "水落魚龍夜 山空鳥鼠秋(수위가 떨어진 어룡의 밤에, 산은 텅 비고 새와 쥐들에게 가을빛 드리웠네)"라는 구절이 보이는데, 두수가(杜修可)는 『수경주(水經注)』를 인용해, "어룡은 가을날을 밤으로 여긴다. 용은 추분 이후로는 연못에 숨어 잠을 잔다. 따라서 가을날을 밤으로 여기는 것이다(魚龍以秋日爲夜 龍秋分而降 蟄寢於淵 故以秋日爲夜也)"라 하였다.
- 鰲島: 충남 보령 앞바다에 있는 섬이다.
- 烏棲: 오서산을 뜻하며 보령시 청소면에 있는 산으로 해발 791미터로 충남의 차령산맥에서 가장 높다.

172

영보정 풍경 (2)

이 누대는 바다 위에 떠 있는 듯
보령 태수가 자주 찾는 곳
날 춥다며 물고기들 죄다 집으로 돌아간 밤
수많은 돛배처럼 높이 우는 기러기 떼, 가을 깊어간다
오도는 성 한쪽을 빙 둘러 감고 있고
오서산은 들판 동쪽으로 아득히 굽이친다
이렇게 구름 한 점 없이 날 좋은 날,
갈대와 수양버들 물가에 가득한 날

秋雨歎　　　추우탄

苦雨終風久不晴	고우종풍구불청
農人何以望西成	농인하이망서성
大田落落魚龍窟	대전락락어룡굴
中澤嗷嗷鴻雁鳴	중택오오홍안명
天下漆憂猶白髮	천하칠우유백발
人間榮色奈蒼生	인간채색내창생
吁嗟國事今如此	우차국사금여차
況又難扶大廈傾	황우난부대하경

• 終風: 큰바람이나 폭풍을 뜻한다. 『시경(詩經)』 「패풍(邶風)」 〈종풍(終風)〉에 다음의 구절이 있다. "終風且暴 顧我則笑[세찬 바람 거세게 불 듯 나를 보며 웃네]."

• 西成: 가을에 벼가 다 익어 한 해 농사를 마친다는 뜻이다. 당나라의 학자 공영달(孔穎達)은 "가을의 자리는 서쪽에 있으니, 이때 만물은 성숙한다(秋位在西 於時萬物成熟)"라고 썼다.

• 嗷嗷: 슬프게 우는 소리를 말한다.

174

빌어먹을 가을비

거센 바람 억수 같은 비에 날 궂으니
농부의 한 해 농사 어찌하나
넓은 밭 이곳저곳 물웅덩이, 용이 살 만하고
기러기까지 찾아와 구슬피 울고 있다
나랏일은 캄캄한데 나는 머리 흰 노인이니
배곯아 파랗게 질린 백성들 어찌할까
아아! 온 나라가 이 지경이니
기울어가는 대궐은 또 어쩌란 말인가

蒙墅秋思 　　몽서추사

烏紗白髮已星星	오사백발이성성
一臥園林非世情	일와원림비세정
幽草小蹊無馬跡	유초소혜무마적
古槐深巷有蟬聲	고괴심항유선성
昔君枝上鵑魂冷	석군지상견혼랭
今吏園中蝶夢驚	금리원중접몽경
遲暮黃昏無限恨	지모황혼무한한
假詩日日不平鳴	가시일일불평명

- 烏紗: 오사모(烏紗帽) 혹은 사모(紗帽)를 뜻한다. 조선 시대 문무관이 평상복에 착용하던 모자로 검은 사(紗)로 만들며, 뒤쪽에 두 개의 뿔 모양을 장식한다.
- 鵑魂: 촉나라에 이름이 두우(杜宇)요, 제호(帝號)가 망제(望帝)인 왕이 있었는데, 별령이라는 신하에게 하루아침에 제위를 뺏겨 쫓겨나게 되었다. 이후 망제는 억울함에 죽어서 두견이라는 새가 되어 밤마다 불여귀(不如歸)를 부르짖어 목구멍에서 피가 나도록 울었다. 후대 사람들은 이를 원조(怨鳥)라고도 하고 두우(杜宇)라고도 하며, 귀촉도(歸蜀途) 혹은 망제혼(望帝魂)이라 불렀는데, 망제의 죽은 넋이 새로 환생했다는 것이다.
- 蝶夢: 장자(莊子)의 호접몽에서 고사를 가져왔다. '장자가 칠원(漆園)에서 관리로 있을 때에 꿈속에 나비가 되었다(莊子漆園吏夢化蝴蝶).' 여기에서는 지난 세월이 꿈처럼 허무하게 지나간 것을 비유한다.

몽산의 가을

사모 쓸 머리엔 백발이 덮였고
숲에 누우니 세상 걱정 멀어진다
풀 자란 오솔길 말 달린 흔적 없고
회화나무 자라는 마을 길엔 매미만 운다
옛 임금의 나뭇가지엔 두견새만 서럽게 울고
여기 뜰 숲에서 나는 나비의 꿈을 꾼다
더디 늙어가니 마음만 아파서
하루하루 시를 쓰며 애써 달래본다

還山秋晚　　　환산추만

西湖地僻鎖烟霞	서호지벽쇄연하
白首還家傍白沙	백수환가방백사
細雨蘆花時下鷺	세우노화시하로
夕陽楓葉亂飜鴉	석양풍엽난번아
霜籬兒拾鷄心棗	상리아습계심조
烟屋僮煎雀舌茶	연옥동전작설차
幽竹靑松曾手植	유죽청송증수식
十年枝葉尙參差	십년지엽상참치

• 鷄心棗: 대추 품종 중의 하나이다. 양(梁) 간문제(簡文帝)의 시 〈賦棗〉에, "風搖羊角樹 日映鷄心枝[바람이 양각(羊角)의 나무를 흔들고, 햇빛이 계심(鷄心)의 가지에 비치네]"라는 구절이 있다.
• 僮: 동복(僮僕/童僕)을 뜻하며 동복은 사내아이 종을 일컫는다.

늦가을, 산으로 돌아오다

안개 노을 감도는 서쪽 물가 외진 곳
머리 하얘 돌아온 집은 흰 모래밭이 지척
백로는 이슬비 내리는 갈꽃 사이에 내려앉고
해 지는 단풍 숲엔 까마귀 떼 떠다닌다
서리 내린 울타리엔 대추 알을 줍는 아이들
연기 핀 집엔 작설차 달이는 사내아이 종
그래, 그윽한 저 대나무, 푸른 소나무 내가 심었지
십 년 세월에 가지와 잎 무성하구나

蒙山志感 몽산지감

憶昔淸朝法從臣　억석청조법종신
誰知今作老農人　수지금작노농인
石蒙三品何酬國　석몽삼품하수국
金比雙南愧許身　금비쌍남괴허신
六十五年如逝水　육십오년여서수
百千萬事若無津　백천만사약무진
荷花落盡秋風起　하화락진추풍기
一夢迢迢繞紫宸　일몽초초요자신

• 三品: 진나라 때 돌을 삼품(三品)의 관작(官爵)에 봉했다는 일화가 있다. 왕
  안석(王安石)의 시 〈三品石〉에, "草沒苔侵棄道周 誤恩三品寵何酬[풀 더미에
  파묻히고 이끼가 침습된 채 길가에 버려지니, 잘못 삼품의 품계를 내려주신
  은혜를 어떻게 갚을 건가]"라는 구절이 있다.
• 雙南: 남금(南金)은 중국의 남방인 형주(荊州)와 양주(揚州) 등지에서 나는
  금은(金銀)을 뜻한다. 쌍(雙)은 한 짝을 뜻하는데, 무엇을 단위로 하는지는
  분명하지 않다. 두보의 시 〈題省中院壁〉에 "許身愧比雙南金[이 몸을 쌍남금
  에 비유한 것이 부끄럽네]"라는 구절이 있다.
• 紫宸: 자신전(紫宸殿)을 뜻하며 궁전의 이름으로 당나라 때부터 전해져오는
  이름이다. 여기에서는 한양의 대궐을 가리킨다.

몽산에 살다

조정에서 임금님 모신 때를 생각하면
누가 알았을까, 이렇게 농사꾼이 될 줄을
삼품 벼슬 받은 돌이 어찌 나라에 보답할까 했으나
쌍남금이라 자신했던 내 모습이 오히려 부끄럽다
흐르는 물처럼 가버린 예순다섯 해
억만 가지 일이 있었으나 어디에도 답은 없었던 듯
연꽃 다 지고 가을바람 일어나니
아득한 꿈속, 자신전을 맴돌고 있네

秋夜長 　　추야장

西湖驚歲晚　　서호경세만
老屋聚秋聲　　노옥취추성
蟾影投窓入　　섬영투창입
蛩音繞箔淸　　공음요박청
遠村一犬吠　　원촌일견폐
深夜幾人行　　심야기인행
倦睡何曾着　　권수하증착
東方不肯明　　동방불긍명

• 蟾影: 달그림자나 달빛을 뜻한다. 당나라 서회(徐晦)의 시 〈海上生明月賦〉에 다음의 구절이 있다. "水族將蟾影交馳 浪花與桂枝相送[물고기들 달빛에 힘차게 헤엄치고 물거품은 달을 전송하네]."

182

가을밤 길고 길어

서쪽 물가로 한 세월이 저물고
가을이 내는 소리, 낡은 집에 모여든다
창으로 달빛 쏟아지고
주렴을 휘감는 청아한 귀뚜라미 소리
멀리 마을에선 개 짖는 소리
깊은 밤, 길 나선 이 있나 보다
그나저나 이 몸은 언제쯤 곯아떨어질까
동쪽 하늘 밝으려면 한참을 멀었는데

田家刈熟　　전가예숙

穫稻霜郊外	확도상교외
欲槙擔肩痕	욕정담견흔
寒泉生白石	한천생백석
遠火亂黃昏	원화란황혼
鳥去空山道	조거공산도
牛歸老樹村	우귀노수촌
今年雖大熟	금년수대숙
盜賊然猶存	도적연유존

• 擔肩: 낟가리를 짊어져 어깨가 붉게 되었다는 뜻으로 추수의 정서를 드러내는 시어이다. 한유(韓愈)의 시 〈城南聯句〉에 다음의 구절이 있다. "刈熟擔肩槙[여문 벼를 베어 짊어지니 어깨가 붉어졌네]."

벼 베는 날

서리 내린 들녘에서 벼를 벤다
낟가리 짊어진 어깨 어느새 벌겋다
찬 샘은 바위 밑에서 솟아나고
멀리 불빛은 노을에 섞여 흔들린다
새들은 텅 빈 산길 따라 사라지고
소들은 나무 늙어가는 마을로 돌아온다
올해 비록 풍년이지만
그놈의 도적질은 여전할 테지

秋夜詠懷　　추야영회

匏花籬落稻花田	포화리락도화전
畵得農家七月篇	화득농가칠월편
草露蟲聲知夏後	초로충성지하후
林風蟬語報秋先	임풍선어보추선
三盃白酒騰騰醉	삼배백주등등취
一枕黃粱栩栩眠	일침황량허허면
頹臥此身人喚起	퇴와차신인환기
夕陽已在小樓前	석양이재소루전

• 七月篇: 〈빈풍칠월도〉를 말함. 자세한 주는 194쪽 참조.
• 騰騰: 몽롱하다.
• 黃粱: 황량몽(黃粱夢)을 뜻한다. 황량몽은 인생이 덧없고 영화(榮華)도 부질
없음을 비유적으로 이르는 말이다. 당나라 소년 노생(盧生)이 도사인 여옹
(呂翁)의 베개를 빌려 베고 잠이 들어 부귀영화를 누리며 여든 살까지 산 꿈
을 꾸었는데, 깨어 보니 아까 주인이 짓던 조밥이 채 익지 않았더라는 데서
유래한다.
• 栩栩: 기쁘고 자득한 모양을 말한다.

가을밤에

울타리엔 박꽃 피고 논에는 벼꽃이 펴
빈풍칠월도 한 폭 그려본다
풀에 이슬 맺히고 벌레 우니, 여름이여 안녕
숲에 바람 불고 매미 우니, 가을이란다
백주 석 잔에 거나하게 취하고
한바탕 꿈에 해죽해죽 웃으며 자다가
벌렁 누운 몸 벌떡 일으키니
마당엔 저녁노을이 깜짝!

結城歸路 결성귀로

馬首山光卽保寧   마수산광즉보령
鶯聲十里又長亭   앵성십리우장정
歸來官閣還無事   귀래관각환무사
欲借閒眠半掩扃   욕차한면반엄경

• 十里長亭: 옛날 도로에는 10리마다 장정을 두었는데, 이를 '십리장정(十里長亭)'이라 부른다. 장정은 먼 길을 떠나는 사람을 전송하던 곳으로 일종의 여행자 쉼터 같은 역할을 한 장소이다.

결성에서 돌아오며

말머리에 걸린 앞산 보아하니 곧 보령이고
장정 또 지나는지 꾀꼬리 울어댄다
돌아오니 관아에는 그저 아무 일 없어
빗장 반쯤 걸어둔다, 조용히 눕고 싶어

新安述懷   신안술회

爲官久在海之隅   위관구재해지우
正値秋風病欲蘇   정치추풍병욕소
夢裏前身應化蝶   몽리전신응화접
心頭生計不如蛛   심두생계불여주
須臾往事皆泡影   수유왕사개포영
荏苒流光又雪鬚   임염류광우설수
浮世虛名同畵餠   부세허명동화병
十年空自濫齊竽   십년공자람제우

• 濫齊竽: '제나라의 피리를 훔쳐 분다'는 말로 무능한 사람이 재능을 속여 높은 자리를 차지한다는 뜻의 고사이다. 전국시대 제나라 선왕(宣王)이 피리 소리를 좋아해 항상 악사 300명을 불러서 피리를 연주하게 했는데, 이때 남곽처사(南郭處士)라는 사람이 피리를 불지도 못하면서 악사들 틈에 끼어 흉내만 내고는 후록(厚祿)을 받고 지냈다. 그런데 선왕(宣王)이 죽고 즉위한 민왕(湣王)이 악사를 한 사람씩 불러내 피리를 불게 하자 남곽처사는 그 길로 줄행랑을 쳤다는 이야기에서 나온 고사이다. 이 내용은 『한비자(韓非子)』 「내저설상(內儲說上)』에 들어 있다.

신안 단상

오랫동안 바닷가 구석에서 벼슬 살다가
가을바람 불어오니 병이 나으려나
꿈속의 전생은 분명 나비였는데
삶의 현실은 거미만도 못했으니
잠깐 왔다 가는 길, 허상이요 물거품이라
어쩔 수 없는 세월, 수염은 눈처럼 하얗고
떠다니는 세상의 가짜 이름, 그림 속 떡과 같아
십 년 세월 그저 머릿수나 채우고 살았던 모양

山曉閣雨中漫吟 산효각우중만음

世事蹉跎盍退耕　　세사차타합퇴경
迂踈自謂一狂生　　우소자위일광생
風凉竹簟淸無暑　　풍량죽점청무서
雨濕花枝潤有聲　　우습화지윤유성
此日還山眞老況　　차일환산진노황
當年涉世摠虛名　　당년섭세총허명
粟多鼎小君知否　　속다정소군지부
夜夜欣聽好鳥鳴　　야야흔청호조명

- 蹉跎: 큰 잘못을 저지름 또는 헛되이 시간을 보냄을 뜻한다.
- 鼎: 자규는 일명 소쩍새라고도 한다. 이 새가 울면 풍년이 든다는 민담이 있다. 우리말 '소쩍새'의 어원이 이 새의 우는 소리를 "솥 작다"로 표현한 데서 왔다는 설이 있다. 즉, 솥이 작다는 것은 농사가 잘되어 곡식이 넘쳐난다는 것이어서 풍년을 상징한다는 것이다.

산효각에 비 내리고

세상일 엉망이니 돌아와 농사나 지을 뿐
처세에 어두워 혼자 미친 척
대자리 바람 맑고 시원하니 더위 사라지고
빗방울에 꽃잎 촉촉이 젖는 소리
이렇게 산에 돌아오니 늙어가는 맛을 알아
돌아온 세월 모두 거짓말 같아라
곡식 넘치고 '솥 작다'는 말 아시려나
밤마다 예쁘게 우는 소리, 참 좋다네

田家秋思   전가추사

自愧謀生後計然	자괴모생후계연
不如萬事任聽天	불여만사임청천
匏花籬落初晴雨	포화리락초청우
柳葉池塘欲暮烟	유엽지당욕모연
醉眼看書昏似霧	취안간서혼사무
老身少睡夜如年	노신소수야여년
農家處處昇平象	농가처처승평상
畵出豳風七月篇	화출빈풍칠월편

- 後計然: 생업에 소홀히 했음을 말한다. 계연(計然)은 월(越)나라 사람으로 재산을 모으는 재주가 뛰어났는데, 범려(范蠡)가 그의 계책을 이용해 거만장자(巨萬長者)가 되었다고 해 '계연'은 '치부의 방도'를 뜻하게 되었다.
- 豳風七月篇: 『시경(詩經)』「빈풍(豳風)」〈칠월(七月)〉편을 뜻한다. 이 작품의 내용을 묘사한 그림을 〈빈풍칠월도〉라 하는데, 조선 시대 사대부들은 생업에 나서는 백성의 어려움을 일깨우고 바른 정치를 염원하며 이를 즐겨 그렸다. 「빈풍(豳風)」〈칠월(七月)〉편은 주나라 주공(周公)이 경험이 부족한 성왕(成王)을 위해, 농사의 어려움을 알리고자 지은 것이다. 모두 8연으로 되어 있어 그림은 대개 8폭으로 그려진다. 제1폭에는 보습 손질하는 모습, 며느리가 아이를 데리고 들에 점심을 가져가는 모습, 권농(勸農)이 이를 바라보고 기뻐하는 모습, 제2폭에는 겨울옷을 마련하는 모습, 뽕을 따는 모습, 흰쑥을 뜯는 모습, 제3폭에는 갈 베는 모습, 뽕잎 따는 모습, 베 짜고 염색하는 모습, 제4폭에는 추수하는 모습, 사냥하는 모습, 제5폭에는 집 손질하는 모습, 제6폭에는 벼 베는 모습, 삼씨 줍는 모습, 대추 따는 모습, 제7폭에는 곳집에 곡식을 들이는 모습, 띠 베는 모습, 새끼 꼬는 모습, 지붕 이는 모습, 제8폭에는 얼음을 빙고에 저장하는 모습, 제사 지내는 모습 등이 그려진다.

농가의 가을

입에 풀칠하기 쉽지 않네, 차마 부끄러워
그래, 하늘이나 바라봐야지
박꽃 핀 울타리에 비 그치고
수양버들 드리운 물가에 저녁 안개 피어난다
책 읽자니 술기운에 가물가물하고
잠 없는 늙은 몸, 한 밤이 일 년처럼 길구나
농가 곳곳이 풍년이라니
빈풍칠월도나 그려보련다

早秋漫興　　　조추만흥

峨嵋山下卽吾家　　아미산하즉오가
物外閑情澹似茶　　물외한정담사차
細雨池塘飛白鷺　　세우지당비백로
未霜籬落有黃花　　미상리락유황화
人歸洛社雲初遠　　인귀낙사운초원
客散湖亭日已斜　　객산호정일이사
生計抛來詩是業　　생계포래시시업
林泉風月興無涯　　임천풍월흥무애

- 籬落: 대나무나 나뭇가지로 만든 울타리를 뜻한다.
- 洛社: 낙양사를 말한다. 은자가 거처하는 곳을 낙양사라 한다. 진나라 갈홍 (葛洪)의 『포박자(抱朴子)』 「잡응(雜應)」에 다음의 구절이 있다. "洛陽有道 士董威輦 常止 白社中 了不食 陳子敍共守事之 從學道積久[낙양사에 동위련 이라는 도사가 있었는데 늘 백사에 머무르며 아무것도 먹지 않았다. 진자서 가 그를 섬기며 좇아 오랫동안 도를 배웠다.]"

가을이 온다

내 집은 어디에 있나, 아미산 아래에 있다
속세 떠난 이 마음은 향 깊은 차와 같아서
이슬비 내리는 물가엔 백로가 노닐고
울타리 아래 국화는 서리 오지 않아 여전히 노랗다
사람들 다 돌아간 낙양사, 구름마저 멀어지고
아무도 없는 물가 정자에서 지는 해를 바라본다
먹고살 일 다 내려놓고 오로지 시로 살아가리
숲과 샘물, 바람과 달의 노래는 다함이 없어라

秋夜有客 　　추야유객

三年嘯傲臥柴荊	삼년소오와시형
洛陌依俙夢裏行	낙맥의희몽리행
山客無眠愁夜永	산객무면수야영
隣鷄不肯喚天明	인계불긍환천명
田間深水針魚匿	전간심수침어닉
湖上諸峰落雁橫	호상제봉낙안횡
窓下讀書燈欲盡	창하독서등욕진
碧梧一葉送秋聲	벽오일엽송추성

- 嘯傲: 소리 높여 노래하며 길게 휘파람 불며 지낸다는 뜻이다. 막힘 없이 살면서 세속에 얽매이지 않음을 일컬으며, 여기에서는 은둔의 상태를 나타내는 시어로 사용되었다.
- 柴荊: 장작이나 땔감으로 쓰는 작은 나무를 말한다. 여기에서는 이런 나무로 만든 간소하고 누추한 문을 뜻한다. 당나라 백거이(白居易)의 시 〈秋游原上〉에 다음의 구절이 있다. "淸晨起巾櫛 徐步出柴荊[새벽에 일어나 세수하고 천천히 걸어 사립문을 나선다]."
- 秋聲: 바람 소리, 낙엽 소리, 벌레나 새소리 등 가을에 들리는 자연계의 소리를 뜻한다. 당나라 유우석(劉禹錫)의 시 〈登淸暉樓〉에 다음의 구절이 있다. "潯陽江色潮添滿 彭蠡秋聲雁送來[심양강 물빛은 조수가 가득 채우고 팽려택의 가을 소리는 기러기가 보내오네]."

가을밤 나그네

초가집에 누워 홍얼거리길 어언 삼 년
한양 모습은 꿈에서도 보일 듯 말 듯
산속 나그네 뒤척이는 긴긴 가을밤
새벽닭 소리는 언제쯤 들려올까
도랑 깊은 물에는 물고기가 쉬고
산 둘러싼 호수에는 기러기들 잠이 든다
창가에서 글 읽자니 등불도 잦아드는 이 밤
벽오동 이파리 하나, 가을 소리 들려준다

湖上晚歸偶吟 호상만귀우음

白首歸來物外遊	백수귀래물외유
湖山勝處是吾州	호산승처시오주
爲官未有營三窟	위관미유영삼굴
終老那無卜一邱	종로나무복일구
紫李黃瓜村路僻	자리황과촌로벽
碧梧翠竹洞門幽	벽오취죽동문유
掛冠無復彈冠志	괘관무부탄관지
長掩踈簾臥小樓	장엄소렴와소루

- 物外: 구체적인 현실 세계의 바깥세상이나 형체 있는 물건 이외의 세계를 뜻한다. 여기에서는 물외한인(物外閑人), 즉 세상의 시끄러움에서 벗어나 한가하게 지내는 사람을 일컫는다.
- 三窟: 세 개의 동혈을 말하며 '편안함을 도모하고 화를 피하는 여러 가지 방책'을 뜻하는 고사이다. 이 고사는 『전국책(戰國策)』 「제책(齊策)」의 "교활한 토끼는 세 개의 굴이 있어도 겨우 죽음을 면할 수 있을 뿐입니다. 지금 그대는 하나의 굴만을 가지고 있어 높이 베개 베고 누워서 지낼 수가 없습니다. 청컨대 다시 두 개의 굴을 마련하시기 바랍니다(馮煖曰 狡兎有三窟 僅得免其死耳 今君有一窟 未得高枕而臥也 請爲君復鑿二窟)"라는 기록에서 유래했다.

해 질 녘 물가에서

머리 하얘 돌아와 그럭저럭 지내니
산 좋고 물 좋은 곳 고향이 따로 없다
벼슬살이 바람 잘 날 없었지만
늙어 기댈 언덕일랑 걱정 말자
인적 드문 길가에 자두 오이 익어가고
오동나무 대나무 이리저리 자라는 마을
갓 벗어 걸어놓고 나랏일도 내려놓고
길게 발 드리운 다락방에 조용히 눕는다

西河舘秋日　서하관추일

西河舘裏動新秋　서하관리동신추
書自日邊散我愁　서자일변산아수
一鳥投林輕似箭　일조투림경사전
凉蟬受節信如符　양선수절신여부
春風詩興餘梅閣　춘풍시흥여매각
夜雨碁聲又竹樓　야우기성우죽루
羈絆一官身亦老　기반일관신역노
江湖何日伴閑鷗　강호하일반한구

- 西河舘: 함경남도 강서 지역의 옛 이름은 증산(甑山)으로 하강 선생은 52세
  인 1882년 증산 현령에 부임한다. 서하관은 증산 관하의 전각 중 하나로 추
  정된다.
- 日邊: 지극히 먼 곳을 가리키거나, 제왕의 좌우를 비유하는 표현이다. 당나
  라 조하(趙嘏)의 시 〈送裴延翰下第歸觀滁州〉에 다음의 구절이 있다. "江上
  詩書懸素業 日邊門戶倚丹梯[강가에서 시문을 평소 학업으로 삼고 황제 위한
  충정은 벼슬길에 기대네]."
- 投林: 날짐승이 숲으로 들어가는 것, 깃들거나 은거하는 것을 비유함. 『진서(晉書)』
  「문원전(文苑傳)」〈이충(李充)〉에 다음의 구절이 있다. "窮猿投林 豈暇擇木[지친 원숭
  이 숲에 깃드는데 어찌 나무를 가릴 겨를 있으리까."
- 凉蟬: 가을 매미를 뜻한다.
- 受節: 계절이 바뀌는 것을 가리킨다.
- 梅閣: 매화 온실을 가리킨다. 겨울 눈 속에 핀 매화를 설중매(雪中梅)라 하는
  데 조선에서는 일부 해안가를 제외하고 한겨울 매화는 피지 않았다. 따라서
  조선 선비들은 집에 매합(梅閤) 매각(梅閣) 매옥(梅屋)이라 부르는 일종의
  매화 온실을 만들어 설중매를 보고자 노력했다.

서하관의 가을

서하관에 가을이 온다
기다리던 편지에 잠시 시름도 잊으니
새는 서둘러 숲으로 날아들고
가을 매미 울어댄다, 이젠 가을이라며
봄바람의 즐거움은 매화 화분에 남아 있고
밤비에 섞인 바둑돌 소리는 죽루에 남아 있다
그래, 벼슬살이에 몸 늙어간다
언제쯤 물가로 돌아가 갈매기와 짝이 될까

夏日聞新平蓴菜始生 하일문신평순채시생

雨過林園散鬱蒸　우과림원산울증
斜陽杖策强登登　사양장책강등등
衰年病去寂無客　쇠년병거적무객
終日坐來閑似僧　종일좌래한사승
澹澹烟塘惟白鷺　담담연당유백로
營營塵陌盡蒼蠅　영영진맥진창승
新平蓴菜秋風近　신평순채추풍근
不獨江東憶季鷹　부독강동억계응

- 林園: 산림전원(山林田園)을 뜻한다. 집터에 딸린 숲을 가리키기도 한다.
- 登登: 의성어로 물건을 치는 소리를 가리킨다.
- 季鷹: 계응(季鷹)은 진(晉)나라 장한(張翰)의 이름이다. 가을바람이 일자 고향의 순채국과 농어회가 그리워진다고 벼슬을 버리고 고향으로 돌아간 것으로 유명하다. 『진서(晉書)』「장한전(張翰傳)」에 기록이 있다.

신평의 순채

뒤뜰에 비 내리고 무더위 가시자
해 질 녘 지팡이에 기대 발걸음 떼어본다
늙어 병드니 찾는 이 없고
종일 우두커니 앉아 도를 닦는 듯
안개 낀 연못가엔 해오라기뿐이고
길바닥엔 파리떼만 윙윙
그래도 신평에선 순채가 나왔단다, 가을이다
다 털고 일어나 순채나 맛보러 돌아가야지

還山作 (1)　　　환산작 (1)

世事邇來百念枯　　세사이래백념고
蕭蕭白髮臥西湖　　소소백발와서호
種梧只可三年大　　종오지가삼년대
看竹何須一日無　　간죽하수일일무
支木難扶顚大廈　　지목난부전대하
收楡不補失東隅　　수유불보실동우
掛冠更作黃冠計　　괘관갱작황관계
舊大夫爲今野夫　　구대부위금야부

- 一日無: 진나라 왕휘지(王徽之)가 남의 빈집에 잠시 거처할 동안에도 사람들에게 대나무를 빨리 심으라고 다그쳤는데, 그 이유를 묻자 "하루라도 어떻게 이 멋진 나의 임을 대하지 않을 수가 있겠는가(何可一日無此君)"라고 대답한 고사를 말한다. 『진서(晉書)』「왕휘지전(王徽之傳)」에 기록이 있다. 여기에서는 하루라도 대나무가 없으면 못사는 왕휘지처럼 조급해하지 않아도 때가 되면 오동나무와 대나무를 감상할 수 있다는 뜻으로 쓰였다.
- 收楡: '수지상유(收之桑楡)'에서 온 말로, 만년을 가리킨다. 『후한서(後漢書)』「풍이전(馮異傳)」에 "처음에 회계(回谿)에서 깃을 드리웠으나 종당에는 면지(黽池)에서 날개를 떨칠 수 있었으니, 가히 '동우(東隅)에서 잃고 상유(桑楡)에서 거두었다'고 할 수 있겠다(始雖垂翅回谿 終能奮翼黽池 可謂失之東隅 收之桑楡)"라는 구절이 있다.
- 黃冠: 도사(道士)가 쓰는 관으로, 도사를 가리키는 말로 쓰인다. 송나라 육유(陸游)의 시 〈書喜〉에 다음의 구절이 있다. "掛冠更作黃冠計 多事常嫌賀季眞[관을 걸어두고 사직하곤 다시금 황관을 쓸 계책을 세우고서, 일이 많아 항상 하지장(賀知章)을 싫어했네]."

다시 산으로 (1)

세상 관심 시들해지고
하얀 머리, 서쪽 물가에 누워 지낸다
오동나무 심으면 삼 년은 기다려야 하는 법
하루쯤 대나무 못 본들 어떠리
지붕을 떠받친 들보도 언젠가는 기울듯
젊은 날 잃은 것을 늙어 채울 수는 없는 법
갓 걸어두고 산 사람 되고 싶어
나으리라 불린 몸, 이젠 자유인이라네

還山作 (2)　　　환산작 (2)

問我南歸今幾霜	문아남귀금기상
坐看階菊十番黃	좌간계국십번황
床頭蟋蟀催寒候	상두실솔최한후
籬末蜻蜓立晚凉	이말청정입만량
客去孤吟耐荒寂	객거고음내황적
老來生計幸豊穰	노래생계행풍양
出門更向漁翁說	출문갱향어옹설
管領西湖月一航	관령서호월일항

• 蟋蟀: 귀뚜라미를 뜻한다.
• 管領: 도맡아 다스림 또는 그런 사람을 가리킨다. 물건을 자기 것으로 취한
다는 뜻도 있으며 여기에서는 '배를 띄우자'는 의지를 강조하는 표현으로 쓰
였다.

다시 산으로 (2)

몇 해인가, 남쪽으로 돌아온 지
섬돌 옆 노란 국화, 피었다 지길 열 번
머리맡 귀뚜라미 가을을 재촉하고
해 질 녘 울타리 끝엔 추위에 떠는 잠자리
혼자라지만, 시를 노래하니 견딜 만하고
늙은이의 살림살이 풍년 덕 좀 보려는가
밖에 나가 고기잡이 노인에게 부탁하리
달밤 서쪽 호수에 배 한 척 띄우자고

山居漫興 산거만흥

白首歸來湖水濱	백수귀래호수빈
北窓閑臥葛天民	북창한와갈천민
茶香尢酒何妨老	차향출주하방노
麥飯葱湯不厭貧	맥반총탕불염빈
樵雨晴生山白日	초우청생산백일
松風吹散市紅塵	송풍취산시홍진
有詩獨詠還無賴	유시독영환무뢰
睡起時時走比隣	수기시시주비린

• 葛天: 갈천씨(葛天氏)를 뜻하며 인위적 문명에 때 묻지 않은 전설적인 시대
의 제왕 이름이다. 도연명의 〈五柳先生傳〉에, "酣觴賦詩 以樂其志 無懷氏之
民歟 葛天氏之民歟[거나히 술에 취하여 시를 읊조리며 자신의 뜻을 즐기니,
무회씨(無懷氏)의 백성인가 갈천씨(葛天氏)의 백성인가?]"라는 구절이 있다.
• 紅塵: 거마(車馬)가 일으키는 먼지라는 뜻으로 번거롭고 속된 세상을 비유적
으로 이르는 말이다.

산에 살다

머리 하얀 늙은이 물가로 돌아와
갈천씨의 백성 되어 북쪽 창 아래 눕는다
향기로운 차에 차조로 담근 술이 있으니, 늙어도 좋다
보리밥에 팟국이면 가난이 대수일까
땔나무 위로 비 그치자 산 위에 해 나오고
솔바람 부니 세상 먼지 사라진다
혼자 시를 노래하다 그것도 지겨워지면
자다가 또 일어나 마실 나가면 그뿐

送次兒進士莘陽歸蒙山別業

송차아진사신양귀몽산별업

沔陽西望路多艱	면양서망로다간
久客新城尙未還	구객신성상미환
三稅纔收八坊裏	삼세재수팔방리
一閒暫得百忙間	일한잠득백망간
哦松日飮湖邊水	아송일음호변수
讀桂時看海上山	독계시간해상산
別後汝曹無恙否	별후여조무양부
萊衣聯綵夢中斑	내의연채몽중반

- 沔陽: 충남 당진군 면천면(沔川面). 면천은 하강 선생이 군수를 지낸 곳이다.
- 三稅: 전세(田稅) 대동(大同) 삼수(三手)를 뜻한다. 여기에서는 보통의 세금을 말한다.
- 哦松: 한유(韓愈)는 〈藍田縣丞廳壁記〉에 당나라 최사립(崔斯立)이 남전현승 (藍田縣丞)이 되어 소나무 두 그루를 심어놓고 그 아래에서 시를 읊조린 고사(故事)를 적고 있는데, 이로부터 아송(哦松)은 현승(縣丞)이 되는 것을 뜻하는 말로 사용되었다. 현승은 현령(縣令) 다음으로 지위가 높지만, 현령의 이권에 간여한다는 혐의를 피하고자 공무에 일절 관여치 않는 것이 보통이었다. 주부(主簿) 등 현청의 낮은 관리들도 현승의 이러한 약점을 간파하고 자신보다 지위가 높은 현승을 철저히 무시하기 일쑤였다. 이에 현승은 그저

둘째 아들 배웅하고 몽산으로 돌아와

면양의 서쪽 길 꽤나 험해 보여
관아의 오랜 손님 언제쯤 돌아갈까
고을마다 세금 겨우 거두고는
잠시 짬을 내 숨을 돌린다
일 내려놓고 물가에서 술 마시며 하루를 보내고
달빛에 책 읽다가 바다 위에 솟은 구름산 바라본다
탈 없이 잘 갔으려니
사랑하는 아들 모습, 꿈에 아른거린다

소나무 아래에서 시나 읊조리는 것이 고작이었다. 따라서 여기에서는 일을
내려놓고 쉰다는 의미로 사용되었다.
• 萊衣: 중국 초나라의 현인인 노래자(老萊子)가 70세에 어린아이의 옷을 입고
장난을 치며 부모를 위안하였다는 데서 유래. 즉, 부성애의 표현이다.

山曉閣書喜　산효각서희

兒女兒孫笑語迎	아녀아손소어영
嬌痴扶老助歡情	교치부노조환정
形容有減雖堪嘆	형용유감수감탄
骨肉無違亦可榮	골육무위역가영
洗盞纔傾蒼朮酒	세잔재경창출주
持盤先勸綠葵羹	지반선권녹규갱
此心猶恨無湛樂	차심유한무담락
千里相思隔一兄	천리상사격일형

- 蒼朮酒: 정약용의 『다산시문집(茶山詩文集)』제4권「기성잡시(騎城雜詩)」 27수에 다음의 구절이 있다. "思服禁方蒼朮酒 小奴持鑱問鄉名[비방인 창출 술을 먹었으면 좋겠는데 약솥 들고 노비가 와서 고향을 묻네그려]."
- 綠葵羹: 아욱국을 뜻한다. 정조 원년인 1777년 유금(柳琴)이 이덕무, 박제가, 유득공, 이서구의 시를 모아 엮은 『사가시집(四家詩集)』제52권에 다음의 구절이 있다. "白粒間紅豆 靑菘共綠葵[흰 쌀밥엔 붉은팥을 섞어서 먹고 배추김치엔 아욱국을 곁들여라]."
- 湛樂: 지나친 즐거움. 『시경(詩經)』「소아(小雅)」〈북산(北山)〉에 다음의 구절이 있다. "或湛樂飲酒 或慘慘畏咎[어떤 사람은 지나치게 술을 마시며 어떤 사람은 비난받을까 두려워하네]."

산효각

아들딸 손자들 웃으며 맞이하니
애교와 응석 늘그막이 즐거움이라
얼굴 늙어가니 괴롭지만
사지 멀쩡하니 문제없다네
잔 씻어 창출주 한 잔 따르려니
소반 내밀며 아욱국 먼저 권한다
그래도 이 기쁨 다 즐기지 못하는 것은
천 리 길 떨어진 형님 생각 때문

登城野望 등성야망

觀穫霜郊外　관확상교외
斜陽登古城　사양등고성
孤村猶竹色　고촌유죽색
深壑自松聲　심학자송성
漁子貫魚返　어자관어반
田翁叱犢行　전옹질독행
江南秋欲動　강남추욕동
寒雁一何驚　한안일하경

• 寒雁一何驚: 이 구절을 직역하면 '찬 기러기 어찌 그리 놀라게 하는가'이다. 여기에서는 앞 구절에 '가을이 한창'이라 표현한 시인의 의도를 그대로 살리고자 '에구머니나, 벌써 겨울 기러기라니!'로 번역했다.

옛 성에 오르다

서리 내리고 들 농사 어떨까 해
해 질 녘 옛 성에 오른다
저기 외딴 마을엔 푸른 기운 남아 있고
깊은 골짜기, 솔바람 소리
물고기 꿴 어부는 집으로 종종 걸어가고
농부는 워이워이 어린 소 몰아 길을 간다
강남땅 가을이 한창인데
에구머니나, 벌써 겨울 기러기라니!

冬夜　　　동야

山家本意自蕭然　　산가본의자소연
萬念徘徊到那邊　　만념배회도나변
老去於書愁失日　　노거어서수실일
閑來以酒許忘年　　한래이주허망년
農談栗里桑麻地　　농담율리상마지
詩思灞橋風雲天　　시사파교풍운천
書盡爐灰仍不寐　　서진로회잉불매
一星宿火煖無烟　　일성숙화난무연

• 山家: 산속의 인가(人家)을 뜻하며 벼슬하지 않고 숨어 살던 선비인 은사(隱士)를 뜻하기도 한다.
• 蕭然: 소탈하다. 한가하고 여유가 있다.
• 失日: 시간 가는 걸 잊다. 다음 구절의 '忘年'도 같은 뜻이다.
• 風雲: 풍류가 뛰어남을 뜻한다.
• 宿火: 남겨둔 불씨를 말한다.

겨울밤

산에 들어앉아 마음 다 내려놓고
부질없이 떠돌다가 어디까지 온 것일까
책이나 넘기며 늙어갈 일 남았지만
천천히 술잔 기울이며 잊으면 그뿐
율리의 뽕나무 삼나무 이야기나 할까
파교에 앉아 자연이나 노래할까
날 저물고 화롯불마저 꺼져가는, 잠 못 드는 이 밤
남은 별 하나 타오르는, 연기도 나지 않는 이 밤

祭內墳 제내분

衰草荒烟覆短阡　쇠초황연복단천
秋風一哭淚潸然　추풍일곡누산연
小君有福先歸地　소군유복선귀지
老我無謀但信天　노아무모단신천
艱難猶記齊眉日　간난유기제미일
契濶回思結髮年　계활회사결발년
願言世世爲夫婦　원언세세위부부
更結來生未了緣　갱결래생미료연

• (원주) 梁鴻適吳 依皐伯通居廡下傭賃 妻孟光擧案齊眉[양홍(梁鴻)이 오(吳)
지역으로 가서 고백통(皐伯通)에게 의지해 사랑채에 살고 있을 때, 아내 맹
광(孟光)은 눈썹 높이로 밥상을 올렸다].

아내의 무덤에서

어슴푸레 시든 풀은 무덤길을 덮었는데
가을바람에 하염없이 눈물만 흐른다오
그대는 복이 많아 먼저 흙으로 돌아가고
늙은 이 몸 기약 없이 하늘만 바라보오
어렵던 시절 날 위해 애쓴 일 눈앞에 선한데
머리 올리던 그 시절 두고두고 생각나오
간절히 바라오니, 언제까지나 우리 두 사람,
다음 생에서도 부디 또 만나길

제4부

이 눈물 다 마르면 어찌하리

其如淚盡何

印參奉永哲九月來話

印參奉永哲九月來話 인참봉영철구월래화

桃李門前足幾蹉	도리문전족기저
駑姿何妨困塩車	노자하방곤염거
主人北臥驚蘧蝶	주인북와경거접
客子西來跨短驢	객자서래과단려
賈誼欲陳流涕疏	가의욕진류체소
嵇康遠寄絶交書	혜강원기절교서
掛冠神武君知否	괘관신무군지부
野性平生與世踈	야성평생여세소

- (원주) 乙未[을미년]. (역주: 이 시의 제목을 직역하면 '참봉 인영철이 9월에 찾아와 이야기를 나누다'이다. 을미년은 1895년으로 을미사변이 발생한 해이다. 따라서 이 시에 등장하는 '북쪽 주인'은 청나라와 친청파의 세력을 뜻하고 '서쪽 손님'은 일본과 친일파 세력을 뜻한다고 유추할 여지가 있다.)
- 塩車: 흔히 뛰어난 재주가 있음에도 자신을 알아주는 사람을 만나지 못하면 미천함을 면하지 못한다는 고사이다. '소금 수레를 끌고 태행산에 오르다가 그만 힘이 빠져 중도에서 비틀거리며 뒷걸음질하는 준마를 마침 그곳을 지나던 백락(伯樂)이 보고서 그것을 슬퍼하여 통곡하고 자신의 베옷을 벗어 덮어주었다'는 이야기에서 유래했다. 이 이야기는 『전국책(戰國策)』「초책(楚策)」에 실려 있다.
- (원주) 時摠理大臣金宏集 卽舊交也 甲午往見不愜 故絶之云[당시 총리대신 김굉집(金宏集)은 전부터 사귄 사이였다. 갑오년에 가서 만났는데, 의견이

참봉 인영철에게

복숭아꽃 오얏꽃 핀 문 앞에서 주저주저

둔한 재주로 소금 수레나 끌면 그뿐

주인이 북쪽 창에 누워 한바탕 꿈에서 깬 것은

손님이 서쪽에서 나귀 타고 오신 때문

가의처럼 눈물의 상소 올리려 하였으나

혜강처럼 절교의 편지 부치고 말았네

신무문에 갓 건 일 그대는 아시는가

조용히 남은 생 보내려네

맞지 않아 절교하였기에 말한 것이다). (역주: 김굉집은 조선 말기의 관료였
던 김홍집(金弘集)으로 굉집(宏集)은 초명(初名)이다. 김홍집은 1894년 갑
오경장을 주도한 인물로 1896년 2월 아관파천으로 실각한 뒤 광화문 앞에서
군중에게 타살되었다.)
• 嵇康: 삼국(三國)의 위(魏)나라 혜강은 사마씨(司馬氏)의 집정 상태에 불만
을 지니고 있었다. 당시 사마씨 집단에 들어있던 산도(山濤)가 자신을 선조
랑(選曹郞)으로 추천하자, 혜강은 거절의 뜻을 담아서 산도와의 절교를 선언
하는 편지를 썼다. 그 편지의 제목이 바로 '與山巨源絶交書'이다.
• 神武: 남조(南朝) 양(梁)의 도홍경(陶弘景)이 조복을 벗어 신무문(神武門)에
걸어두고 벼슬을 사직하는 표를 올렸다는 이야기에서 유래한 고사로 '벼슬
을 버리고 은거함'을 뜻한다.

書憤

서분

長安無處不危機	장안무처불위기
時序驚心詠式微	시서경심영식미
一世口聲多鴂語	일세구성다결어
萬家身樣盡烏衣	만가신양진오의
奈何天下法如是	내하천하법여시
歎息人間事已非	탄식인간사이비
羣彦亦知天意否	군언역지천의부
新年明月滿黃扉	신년명월만황비

- 式微: 『시경(詩經)』 「패풍(邶風)」의 편명이다. 이 시에, "式微式微 胡不歸 微君之故 胡爲乎中露[쇠미하고 쇠미하거늘, 어찌 돌아가지 않겠는가. 임금 때문이 아니라면, 어이하여 이슬 가운데 있겠는가?]"라는 구절이 있다.
- 鴂: 격(鴃)과 더불어 왜가리를 뜻하며, 남쪽 오랑캐를 상징한다. 『맹자(孟子)』 「등문공상(滕文公上)」에, "지금 남만(南蠻)의 왜가리 소리를 하는 사람은 선왕의 도가 아니다(今也南蠻鴂舌之人 非先王之道)"라 하였다. 이 시에서는 왜인(倭人)을 가리킨다.
- (원주) 烏衣, 黑衣也[오의는 검은색 옷이다].
- 黃扉: 옛날 승상이나 삼공(三公) 등의 집무실에는 황색으로 문을 칠했는데, 이를 황비(黃扉)라 하였다. 따라서 황비는 정승, 또는 정승이 수립한 정책을 가리킨다.

분한 마음

온 나라가 위태로워
시국에 놀라 식미 편을 읽는다네
세상엔 왜놈들이 득세하고
방방곡곡 검은 옷이라네
천하의 법도가 이 지경이니
사람답게 사는 것도 이젠 틀렸다네
위정자들이여, 하늘의 뜻을 아시는지
매국노의 대문에만 새해의 밝은 달 비추는데

寄閔公桂庭尚書 使露國復命
기민공계정상서 사로국복명

天生豪俊在人間	천생호준재인간
萬里滄溟奉使還	만리창명봉사환
獨抱瑤琴彈一曲	독포요금탄일곡
意中流水夢中山	의중류수몽중산

- (원주) 泳煥[영환]. (역주: 민공(閔公)은 민영환을 뜻한다. 민영환은 조선 고종 때의 문신으로 1861년 태어나 1905년 사망했다. 자는 문약(文若), 호는 계정(桂庭)이다. 구한말 대표적인 개화파 정치가로 일본을 견제하면서 서구식 근대화를 추진하고 독립협회를 후원해 조선의 독립을 유지하려 노력했다. 1896년 러시아 특명전권공사로 미국을 거쳐 러시아 황제의 대관식에 다녀왔고 1897년에는 유럽 6개국 특명전권공사로 유럽을 순방하고 영국 빅토리아 여왕의 60주년 기념식에도 참석하는 등 서구 사회를 직접 경험한 민영환은 귀국 후 조선의 근대화를 추진했으나, 을사조약이 체결되면서 그의 꿈은 좌절하고 말았다. 을사조약을 폐기하고 이완용 등 을사5적을 처형하라는 상소를 올렸으나 뜻을 이루지 못하자 국민과 각국 공사에게 고하는 유서를 남기고 자결했다.)
- (원주) 乙未[을미년].
- 瑤琴: 옥(玉)으로 장식된 거문고를 뜻하며 아름다운 음색을 가진 거문고를 부르는 말이기도 하다.

민영환의 귀국

하늘이 세상에 영웅을 내었으니
만 리 먼바다로 사신 갔다 돌아왔네
혼자 요금 안고 한 곡 연주하니
마음은 흐르는 물이요 꿈은 산이라네

閔公桂庭殉節感而述懷 (1)

민공계정순절감이술회 (1)

閔公桂庭殉節感而述懷 (1)

靑邱有一木	청구유일목
難支大廈傾	난지대하경
成仁華夷見	성인화이견
取義天地驚	취의천지경
有死心不死	유사심불사
無生面如生	무생면여생
大哉閔公節	대재민공절
赤日出海明	적일출해명

• (원주) 左傳, 先軫之面如生[좌전, 선진의 얼굴이 살아 있는 듯하였다는 기록
이 있다.

민영환의 순국에 부쳐 (1)

언덕 위의 한 그루 나무로는
쓰러지는 이 나라를 버틸 수 없어
그의 어짊은 청나라와 왜국도 우러러보았고
그의 의로움은 온 세상이 칭송하였으니
몸은 죽었으나 정신은 죽지 않고
명은 다했으나 얼굴은 살아계신 듯
크도다! 민공의 절개여
붉은 해가 바다에서 밝아오네

閔公桂庭殉節感而述懷 (2)
민공계정순절감이술회 (2)

天恐忠臣無一人	천공충신무일인
故生閔子在塵寰	고생민자재진환
丹心九死猶扶宋	단심구사유부송
白首三生不附秦	백수삼생불부진
五百餘年間氣故	오백여년간기고
二千萬姓哭聲新	이천만성곡성신
遺書化血春秋筆	유서화혈춘추필
大義堂堂天下伸	대의당당천하신

- 三生: 불교에서 말하는 삼세(三世)의 윤회, 즉 전생, 금생, 내생을 뜻한다.
- 間氣: 영웅호걸이 세상에 드물게[間世] 품부 받고 태어나는 천지의 특수한 기운을 뜻한다.
- (원주) 趙鼎不附和議秦檜表曰 白首何歸 悵餘生之無幾 丹心未泯 誓九死而不移[송나라 조정(趙鼎)은 화의를 주장하는 진회(秦檜)를 따르지 않고 표문을 올려 말하기를, "흰머리에 어디로 돌아가겠습니까? 여생이 얼마 되지 않음을 슬퍼합니다. 붉은 마음 다하지 않았으니, 아홉 번 죽는다 해도 변하지 않으렵니다"라고 하였다].
- 春秋筆: 춘추필법(春秋筆法)의 준말이다. 공자가 『춘추(春秋)』를 집필하면서 권선징악(勸善懲惡)과 대의명분(大義名分)에 기초해 역사를 서술했던 논법(論法)을 뜻한다.

민영환의 순국에 부쳐 (2)

한 사람의 충신도 없을까 하여, 하늘은
어지러운 세상에 민공을 보내셨네
그 마음 아홉 번 죽어도 나라를 팔지 않고
죽고 또 죽어도 매국노의 편에 서지 않으셨네
오백 년의 정기는 옛것이 되었지만
이천만 백성의 통곡 소리 새것이 되리
남긴 유서 피로 변해 우리를 깨치고
그 큰 뜻 당당히 하늘 아래 퍼져간다

病榻雜感　　병탑잡감

君看今日域　군간금일역
江山眞屬他　강산진속타
痛哭復痛哭　통곡부통곡
其如淚盡何　기여누진하

• (원주) 時雪峴適在傍[이때 설현(雪峴)이 마침 곁에 있었다].

병상에서

우리의 산하를 보라
정녕 빼앗긴 강산
통곡하고 또 통곡하노니
이 눈물 다 마르면 어찌하리

排悶

배민

氛祲冥冥迫玉墀　분침명명박옥지

忠良誰是濟安危　충량수시제안위

九重城闕迷今夜　구중성궐미금야

千里山河異昔時　천리산하이석시

直北指揮金鼓振　직북지휘금고진

征南消息羽書馳　정남소식우서치

老臣恭竢班師日　노신공사반사일

願作天河洗甲詩　원작천하세갑시

- 羽書: 우격(羽檄), 즉 격서(檄書)이다. 고대의 군사 통신법의 하나로 새의 깃 털을 꽂아 긴급의 뜻을 나타낸 문서를 뜻한다. 여기에서는 병사를 징집하는 문서를 가리킨다.
- 天河洗甲: 직역하면 '은하수에 갑옷을 씻는다'이다. 두보가 〈洗兵馬行〉에 쓴 "安得壯士挽天河 淨洗甲兵長不用어이하면 장사를 얻어 은하수 끌어다가 갑옷과 병기 깨끗이 씻어 영원히 쓰지 않을까"라는 구절에서 유래한 문구로 천하태평의 시대, 즉 전쟁이 없는 평화의 시대를 일컫는다.

슬픔을 뒤로하고

어둠의 재앙이 궁궐을 덮쳤으니
나라 구할 충성된 신하 누구인가
겹겹이 쌓인 나랏일은 어둠 속에서 길을 잃어
방방곡곡이 변해간다
북으로 진군하니 징과 북 울리고
남쪽을 정벌하니 격문이 나붙는다
늙은 신하는 회군의 날이 오면
천하태평의 시 지으려네

合邦日感舊 합방일감구

憶昔重修日	억석중수일
漢陽文物開	한양문물개
三韓如掌運	삼한여장운
百粤稽顙來	백월계상래
麥秀殷墟已	맥수은허이
黍離周室頹	서리주실퇴
秋風西向哭	추풍서향곡
萬事摠成灰	만사총성회

- 麥秀: 국가 패망을 통한하는 시를 뜻한다. 『사기(史記)』「송미자세가(宋微子世家)」에 "기자(箕子)가 주(周)나라에 입조하면서 옛 은(殷)의 터전을 지나게 되었는데, 궁실이 허물어지고 그곳에 곡식이 자라 있는 광경에 감회가 있었다. 기자가 슬퍼하여 곡을 하고자 했지만 그렇게 할 수 없었고, 흐느껴 우는 것도 부녀자의 정서와 가까운 까닭에 〈麥秀之詩〉를 읊어 그를 노래하였다. 그 시에 이르기를, '보리 이삭이 뾰족뾰족하구나, 벼와 기장이 윤기가 돈는다. 저 교활한 녀석은 나를 좋아하지 않는구나'라 하였다(箕子朝周 過故殷虛 感宮室毀壞 生禾黍 箕子傷之 欲哭則不可 欲泣爲其近婦人 乃作麥秀之詩以歌詠之 其詩曰 麥秀漸漸兮 禾黍油油 彼狡僮兮 不與我好兮)"는 내용이 있다.
- 黍離: 『시경(詩經)』「왕풍(王風)」의 편명이다.「모서(毛序)」에 다음의 기록이 있다. "〈서리(黍離)〉는 종주(宗周)의 멸망을 슬퍼한 것이다. 주(周) 대부(大夫)가 행역을 나가 종주(宗周)에 이르러 옛 종묘와 궁실을 지나가는데, 모조리 기장밭이 되어 있었다. 주(周)나라 왕실의 전복을 슬퍼하여 방황하며 차마 떠나지 못하면서 이 시를 지은 것이다(黍離閔宗周也 周大夫行役至於宗周 過故宗廟宮室 盡爲禾黍 閔周室之顚覆 彷徨不忍去而作是詩也)."

국치일에

멀리 조선을 세우던 날
서울에 새 문화가 열렸다
삼한을 손바닥 부리는 듯했고
백월은 머리를 조아렸다
은나라 옛 언덕엔 보리가 패고
주나라 옛 집터엔 기장이 자란다
가을바람 서쪽을 향해 통곡하니
모든 것이 재가 되었구나

聞崔贊政勉庵益鉉監禁於對馬島書憤

문최찬정면암익현감금어대마도서분

孤雲故宅勉庵資	고운고택면암자
道德文章世所雅	도덕문장세소아
東海欲從魯蹈願	동해욕종노도원
南冠空作楚囚悲	남관공작초수비
精神貫日扶危主	정신관일부위주
氣節凌霜罵遠夷	기절능상매원이
聞道監中觀易象	문도감중관역상
文王羑演亦如玆	문왕유연역여자

- 崔益鉉: 최익현은 1833년 태어나 1906년 사망한 구한말의 애국지사로, 1905년 을사조약이 체결된 뒤 항일 의병운동을 주도하였다. 일제에 체포되어 대마도에서 세상을 떠났다. 면암(勉庵)은 최익현의 호이다.
- 孤雲: 고운은 신라의 문인 최치원(崔致遠)의 자이다. 유불선에 깊은 이해를 지녔던 학자이자 뛰어난 문장가였으며, 당나라 유학 중에 지은 「토황소격문(討黃巢檄文)」은 중국에서도 인정받은 명문장이다. 여기에선 최익현이 최치원처럼 학문과 문장이 높았고 해외를 떠돌았던 것을 비유하고 있다.
- 魯仲連: 전국시대 제(齊)나라의 절의지사(節義之士)이다.
- 南冠: 죄수를 가리키는 말이다. 『좌전(左傳)』「성공구년(成公九年)」에 다음과 같은 기록이 있다. "진후(晉侯)가 군부(軍府)에서 종의(鍾儀)를 보고 묻기를, '남방의 관을 쓰고 묶여 있는 사람은 누구인가?' 했다. 담당 관리가 대답하기를, '정나라 사람이 바친 초나라의 죄수입니다'라 했다(晉侯觀于軍府 見鍾儀 問之曰 南冠而繫者 誰也 有司對曰 鄭人所獻楚囚也)."

최익현의 대마도 감금을 탄식하며

고운의 옛집이 면암의 바탕을 이뤘으니
성품과 문장이 세상에 높아라
노중련을 따라 동해에서 죽으려 했으나
남관으로 헛되이 초나라 죄수 되시었다
절개는 해를 삼키듯, 위험에 처한 임금 부축하고
기개는 서릿발처럼 먼 나라 오랑캐 꾸짖었네
옥중에서 주역을 공부하신다니
문왕의 업적도 이와 같으셨네

상소문

上疏文

荷江文稿 卷 6

1 獨立協會回啓[1] 독립협회에 관해

　伏以. 黃州春風, 謾叨三月到郡之跡. 赤壁秋水, 只切一方望美之思. 斗倚韓天, 心懸魏闕. 今伏聞, 仙李乾坤, 爭傳聖天子卽位, 雙樹日月, 充仰賢大人效忠. 由百王而等百王, 無此盛擧. 前千古而後千古, 無此昌時. 萬邦共帝臣, 幸値風雲之際, 四海皆兄弟. 自在雨露之中, 城下舊盟, 快後丁之雪恥, 潢中大變, 幸前乙之除凶. 今到日, 雖已悉於, 廣告周宣, 亦未知其赴期齊赴. 郡守病軀難鶩, 汗顏欲駤. 敢將殘薄廩六元之呈, 庸備獨立館萬一之助. 伏願, 百靈恒衛, 衆力咸齊, 飛革長輝, 磐泰彌鞏. 五百年後, 湖西盛事, 萬億載間, 海東太平. 鄕徒比同, 聖德咸頌, 未赴一會之期而敢曰無罪. 已承參員之敎則, 亦與有榮. 恭復鯉函, 冀蒙鴻鑑.

---

1 回啓: 임금의 물음에 신하들이 대답함.

엎드려 생각하옵니다. 황주(黃州)의 봄바람에 게을러져서 외람됩니다만 3월에 군(郡)에 도착했습니다. '적벽 가을의 맑은 물'처럼 다만 전하를 향한 그리움으로 절실합니다. 갑자기 대한제국의 하늘에 기대니 마음은 대궐 정문에 걸려 있습니다. 지금 듣건대 하늘과 땅이 오얏꽃을 다투어 거룩한 천자(天子)의 즉위를 전하고, 쌍으로 세워진 해와 달이 더욱 어진 대인(大人)을 우러르고 충을 본받습니다. 백왕(百王)으로부터 말미암았으나 백왕(百王)과 대등하니 이같이 장한 일은 없었습니다. 이전 천 년이나 이후 천 년이나 이같이 번창한 때는 없을 것입니다.

세계만방이 황제와 신하를 같이 하니 다행히 풍운의 때를 만나 사해(四海)가 모두 형제입니다. 스스로 황제의 은혜 안에 있는 중에 성 아래 예전 동맹은 호쾌하게도 후정(後丁)²의 설욕이며, 웅덩이 속의 큰 변괴는 다행스럽게도 전을(前乙)³의 흉악함을 제거한 것입니다. 지금에 이르러 비록 아시다시피, 이미 널리 알리고 두루 선포했지만, 또한 아직 기한에 맞게 함께 나갈지는 모르겠습니다. 본 군수는 병든 몸으로 힘쓰기 어려워 땀난 얼굴이 붉어졌습니다. 감히 장차 잔액 장부에다가 곳간에 6원(元) 있다고 아뢰어 독립관을 도울 일에 갖추어 쓰게 했습니다.

엎드려 바라옵건대 모든 혼령이 항상 지키고, 대중의 힘이 함께 가지런히 하여 비상하는 개혁이 길이 빛나며, 넓고 크고 가득하며

---

2 정유재란(丁酉再亂)을 지칭하는 것으로 보임.
3 을미사변(乙未事變)을 지칭하는 것으로 보임.

굳건하였으면 합니다. 500년 후 충청도에 성대한 일이 있고, 만억 년 이 나라가 태평했으면 합니다. 시골의 무리가 한마음으로 전하의 덕을 함께 칭송하오니, 한번 모일 기회를 갖지 못했지만 감히 말하기를 무죄입니다. 이미 참원(參員)의 가르침을 승계하였는즉 역시 함께 영예가 있을 것입니다. 다시 서신을 올리오니 살펴보시기 바랍니다.

2.1 東宮上疏 동궁에서 올리는 상소

    王世子臣, 誠惶誠恐, 頓首頓首, 謹百拜上言于統天, 隆運, 肇極, 敦倫, 主上殿下. 伏以, 奉顯册而讚述聖德, 進崇號而闡颺洪業, 有國之懿典, 我家之常禮也. 臣以顓蒙, 叨忝儲闈, 縱荷恩勤遇物之誨, 尙蔑將就進德之效, 居恒競畏. 若臨淵氷而乃其典禮之所當行, 臣民之所共望者則彝情攸在, 有不敢自已也. 惟我殿下, 乃聖乃神, 乃文乃武, 比隆唐虞, 庶績咸熙, 動法祖宗, 舊章率由, 一念憂勤而丕顯昧爽, 萬幾密勿而摠攬宏綱, 愛物之心, 及於肖翹, 至治之化, 被于玢蠁, 恤民隱則德音, 屢發於絲綸, 正士趨則公道, 每恢於科試, 大難戡定, 亟回綴旒之勢, 百度畢擧, 重鞏苞桑之基, 以其德則禹勤湯敬, 何以尙焉. 以其功則周宣殷宗, 不足多矣. 蕩蕩乎民無能名而史不勝書矣. 亦惟我中宮殿下, 以儷天之德, 協厚坤之象, 風化俾於二南陰功, 溢於八城, 猗歟盛矣. 夫有非常之功, 必受非常之號, 建無窮之業, 亦有無窮之聞, 年前, 臣之以兩聖進號, 積誠迭請, 亦旣屢矣而. 殿下, 謙謙退却, 不卽準許, 輿情之齋菀久矣. 臣於殿下, 父子也, 子爲父言, 猶屬一人之私而擧國臣民之同聲顒祝, 小大惟均則今臣之言, 非臣一人之言, 乃擧國大同之言也. 伏願殿下, 亟降允兪焉. 臣無任齋誠顒祝之至. 謹冒悚以聞.

왕세자 신은 진실로 황송하고 두려워 머리를 조아리고 또 조아려 삼가 백 번 절을 올리며 통천(統天) 융운(隆運) 조극(肇極) 돈륜(敦倫) 주상 전하께 말씀을 올립니다.

엎드려 생각하옵니다. 빛나는 책을 받들어 성덕(聖德)을 찬술(讚述)하셨고, 숭고한 존호를 내셨으며, 홍업(洪業)을 드높이셨으니 나라의 훌륭한 법전이자 저희 집안의 상례(常禮)가 되었습니다.

신이 우매하면서도 외람되이 동궁 궐내에 참여해 은혜롭게 보살펴주시는 가르침을 입었지만, 아직 부족하여 장차 덕에 나아가는 본받음을 다하고자 거함에 항상 두려움이 있었습니다. 연못에 임했는데 얼어 있는 것처럼 그 전례(典禮)의 응당 해야 할 것과 신민이 함께 바라는 바는, 변하지 않는 정(情)이므로 감히 스스로 그만둘 수 없었습니다.

오직 우리 전하는 성(聖)과 신(神), 문(文)과 무(武)를 다 갖추셔서 융성했던 요순시대에 비할 만합니다. 모든 공적이 빛나고, 선왕들을 본받는 데 힘쓰며, 옛날 법도에 의거해 행하셨습니다. 한결같은 생각으로 근심하고 부지런하셔서 크게 빛남에 어그러짐이 없으셨습니다. 모든 정무에 부지런히 힘쓰고, 총람하여 널리 망라하셨습니다. 사물을 아끼는 마음이 새의 깃털을 닮기에 이르렀고, 지극한 다스림의 교화가 오랑캐에게 미쳤으며, 백성의 괴로움을 살핀즉 그 덕성이 조서에 누차 나타났습니다.

바른 선비가 모여든즉 공정한 도가 매번 과거 시험에 갖추어졌고, 적을 물리치어 난을 평정함에 큰 어려움을 겪었지만 곧바로 위급함을 만회하셨습니다. 모든 법률과 제도를 하나도 남기지 않고 모두 살펴서 나라의 기틀을 공고히 하셨습니다. 그 덕인즉 우왕(禹王)의 부지런함과 탕왕(湯王)의 공경함이 어찌 그보다 높겠습니까? 그 공(功)인즉 주나라의 선왕(宣王)과 은나라의 고종(高宗)이 많다고 하기에 부족합니다. 넓고 아득하여 백성이 능히 이름 지을 수 없고, 역사가 능히 쓰지 못합니다.

또한 오직 우리 중궁(中宮) 전하는 천제(天帝)의 누이[4]에 견줄 만한 덕으로 온 땅의 법제를 돕고, 풍습을 교화함이 이남(二南)[5]과 같으며, 음으로 공적이 팔도(八道)에 넘쳐나니, 아아! 가득합니다. 무릇 비상한 공적이 있으시니 반드시 비상한 칭호를 받으셔야 합니다. 무궁한 업적을 쌓으셨으니 또한 무궁한 명망이 있으셔야 합니다.

연전에 신하들이 두 성인(聖人)의 호칭을 높일 때, 정성을 다하여 번갈아 청하였으나 전하는 역시 누차 겸손히 물리치시고 허가하지 않으셨기에 여론의 원망이 오래되었습니다. 신은 전하에게 자식과 아비입니다. 자식이 아비를 위해 말하는 것은 한 사람의 사적인 일에 속합니다만, 온 나라 신민이 한목소리로 크게 기원함에 크고 작음이 오직 마찬가지인즉 지금 신의 말은 신 한 사람의 말이 아니라 곧 온 나라 대동(大同)의 말입니다. 엎드려 바라옵건대 전하께서는 속히 윤

---

4 현천(俔天): 현천지매(俔天之妹)의 준말. 천제(天帝)의 누이에 비길 만한 아름다운 사람으로 훌륭한 사람을 뜻함. 『詩經』「大雅」〈大明〉에 구절이 있다.
5 『詩經』의 편명인 「주남(周南)」과 「소남(召南)」을 뜻함. 주남과 소남은 주공과 소공이 다스리던 지역으로 백성들을 덕으로 다스려 교화가 나라에 퍼지게 되었다. 따라서 「주남」과 「소남」에는 이들의 교화를 읊은 시가 많다. 여기에서도 중궁 전하의 덕이 「주남」이나 「소남」과 같다는 내용이다.

허한다는 답을 내려주소서. 신은 재계건성(齋戒虔誠)과 옹축(顒祝)의
지극함을 감당할 수 없으니 삼가 두려움을 무릅쓰고 아룁니다.

2.2 再疏 재차아룀

　王世子臣, 誠惶誠恐, 頓首頓首, 謹百拜上言于統天, 隆運, 肇極, 敦倫, 主上殿下. 伏以, 臣之日者, 齋誠冒懇, 卽祖宗之家法也. 固非臣子之町敢私而殿下, 亦不宜過自謙抑於列朝由來之規矣. 及奉批旨, 以國計民事之憂虞不卽允許. 尤以仰大聖人爲國爲民懇惻之盛意而臣於是徊徨悶迫. 實不知攸措矣. 惟我殿下, 德業功烈, 可以建天地光日月, 宏濟艱難, 迓續景命, 重恢我萬億年無疆之基, 之德之功, 卓越百王, 將有辭千秋矣. 亦惟我中宮殿下, 坤元含章, 懿德昭著, 黃裳之吉, 協于義繇, 玄紞之化, 被于耶溢, 於不休哉. 殿下, 以大舜之孝, 奉千乘之養, 盡三朝之誠, 屢進范金之章, 克展報暉之誠, 以殿下町事於東朝之心. 念臣今日之町願於殿下之心則宜有以諒燭此微裏者矣. 玆敢不避煩畏, 又此沕陳. 伏乞聖明勉回冲挹亟賜一兪焉. 臣無任齋誠顒祝之至, 謹冒悚以聞.

왕세자 신은 진실로 황송하고 두려워 머리를 조아리고 또 조아려 삼가 백 번 절을 올리며 통천(統天) 융운(隆運) 조극(肇極) 돈륜(敦倫) 주상 전하께 말씀을 올립니다.

엎드려 생각하옵니다. 신이 온종일 정성을 다해 간청한 것은 선대 왕들의 가법(家法)입니다. 진실로 신하가 감히 사적으로 할 바가 아닙니다. 전하는 또한 선대로부터 내려온 법규에 스스로 지나치게 겸손하지 않으셔도 됩니다.

비답의 말씀을 받들어보니, 나라의 계획과 백성의 일로 근심하고 걱정하셔서 곧바로 윤허하지 않으셨습니다. 이는 큰 성인을 우러르니 나라와 백성을 위한 간절한 뜻입니다. 신은 이에 감히 애가 타고 절박하여 실로 어찌할 바를 알지 못하겠습니다.

오직 우리 전하의 덕스러운 업적과 뛰어난 공적은 가히 하늘과 땅을 짓고 해와 달을 빛내며, 고난을 널리 구제하셨습니다. 크나큰 명(命)을 이어나가고, 우리의 만억 년 세월의 끝없는 기틀을 삼가 넓히셨습니다. 그 덕과 공이 여러 왕 중에 탁월하시어 장차 오랜 세월 기억될 것입니다.

또한 오직 우리 중궁 전하는 땅의 덕을 안에 품으셨으며[6], 훌륭한 덕이 환하게 드러나십니다. 황상(黃裳)[7]의 길함이 복희씨와 고

---

6 곤원(坤元): ① 땅. 또는 땅의 덕(德). ② 왕비를 비유하여 이르는 말. 곤궁(坤宮). 곤상(坤象). 왕비(王妃). 중궁(中宮).
7 주역에서 노란색은 황제를 의미한다. 그러나 상의인 저고리가 아니라 하의인 치마가 같이 나올 때는 태자를 뜻한다.

요(皐陶)⁸를 합한 것과 같고, 여공(女工)의 조화가 산골과 바닷가까지 미치니, 조금도 쉬지를 않습니다.

전하는 위대한 순임금의 효로 제후의 봉양을 받들고, 삼조(三朝)의 정성을 다하셨습니다. 누차 법도와 규율을 내셨고, 빛남을 지키는 정성을 참고 견디며 살피셨습니다. 그리하여 전하는 동조(東朝)의 마음으로 할 일을 하셨습니다.

생각건대 신이 금일 전하의 마음에 원하는 바로는 마땅히 속마음을 거두어 살피셔야 할 것입니다. 이에 감히 번거로움과 두려움을 피하지 않고, 또한 이처럼 거듭 아뢰옵니다. 엎드려 빌건대 성스러움과 밝음으로 겸손(謙遜)을 거두시어 속히 답을 내려주소서. 신은 재계건성(齋戒虔誠)과 옹축(顒祝)의 지극함을 감당할 수 없으니 삼가 두려움을 무릅쓰고 아룁니다.

---

8 중국 고대의 전설상의 인물.

2.3 三疏 세 번 아룀

王世子臣, 誠惶誠恐, 頓首頓首, 謹百拜上言于統天, 隆運, 肇極, 敦倫, 主上殿下. 伏以, 臣之洊陳裏悃, 寔出於歷古不易之盛典. 舉國大同之至願也. 伏奉批旨, 終靳允兪, 勉臣以學業之將就, 謙挹之盛德, 非不欽仰, 訓誨之勤念, 尤切感戴而乘彝攸在, 不敢遂已矣. 惟我殿下, 御極垂二十五載, 至仁盛德, 豊功聖烈, 巍乎蕩乎, 天地莫尙克靖禍亂緖業焉. 泰山盤石之基, 復尊於宗社之安, 肇修人紀, 孝思焉祝岡愛日之誠, 彌篤於長樂之養, 孜孜爲政, 至于中昃, 懇懇求言, 坐而待朝, 邦化浹民, 屢豊呈祥放諸往牒, 未始有焉. 亦惟我中宮殿下, 以徽柔懿恭之德, 著含宏光大之化, 翟褕穆臨, 娩體聖功, 珩璜垂範, 必法女史, 志養以誠克紹, 東朝之事, 統元, 由治以正, 有若太姒之配文王, 壼儀之降, 於古罕覯矣. 頤臣眇昧, 偏蒙我兩聖至慈至恩, 義方之教, 覆育之私, 欲報萬一, 靡不用其極, 夫以鏤之琬琰而不足以摹畵其德. 播之管絃而不足以形容其功. 殿下猶且謙抑靳止則不易之典, 將不可講矣. 大同之論, 亦何以遂乎, 臣所以懇拳不已, 不得請則不獲止也. 伏望聖明, 俯察微忱, 又循輿情, 亟賜德施焉. 臣無任顒祝之至, 謹冒悚以聞.

왕세자 신은 진실로 황송하고 두려워 머리를 조아리고 또 조아려 삼가 백 번 절을 올리며 통천(統天) 융운(隆運) 조극(肇極) 돈륜(敦倫) 주상 전하께 말씀을 올립니다. 엎드려 생각하옵니다. 신이 거짓 없는 진실한 마음을 거듭 아뢰는 것은 오래되어 변하지 않는 역대의 풍성한 법전에서 나온 것입니다. 온 나라가 하나가 되어 지극히 원하는 것입니다. 삼가 비답의 뜻을 받드니 끝내 윤허의 답을 구했습니다. 신으로 하여금 학업으로 장차 이룸이 있게 하셨으니 겸손히 거두시는 풍성한 덕을 공경하고 우러르지 않을 수 없습니다. 가르치고 인도하심에 애쓰고 수고하심은 더욱더 감사하고 떠받들게 합니다. 타고난 천성을 그대로 지키는 바입니다.

이제 우리 전하는 즉위하신 지 25년이 됩니다. 지극한 인덕(仁德)과 풍성한 공렬(功烈)이 높고 넓습니다. 천지가 그보다 높지 않습니다. 화란(禍亂)을 극복하고 다스리셔서 태산 반석의 기틀을 놓으셨습니다. 다시 종사의 평안함에 제사 지내고, 비로소 인륜과 기강이 닦여지게 되었습니다. 효를 생각하심에 장수를 기원하고 부모 봉양에 조금도 태만하지 않으셨습니다. 장락(長樂)[9]을 봉양함에 두루 신실하게 하셨습니다. 정사에 힘씀이 중도(中戾)에 맞기에 이르렀습니다. 간절히 신하의 바른말을 구하셨고, 앉아서 조회를 기다리셨습니다. 큰 교화가 백성에게 두루 미쳤습니다. 누차 정상(呈祥)을 풍성히 하셨고, 모든 과거 기록을 상고하여 거기에 있지 않은 것이 없었습니다.

---

9 장락궁(長樂宮)의 준말로 모후(母后), 또는 그 궁전을 이르는 말. 여기서는 대왕

또한 오직 우리 중궁 전하는 아름답고 화평하며 훌륭하고 공손한 덕으로 넓고 빛나는 교화를 확연히 품으셨습니다. 붉은 비단에 꿩의 깃으로 장식한 왕비의 옷이 아름답게 임하고, 부인의 옥체가 성스러운 공이 됩니다. 패옥이 옆으로 놓여 모범을 보이니 반드시 고대의 왕후를 본받은 것입니다. 뜻이 정성으로 키워지고, 대비의 일을 능히 계승하여 근본을 통일하셨습니다. 내치(內治)를 올바름으로 하시니 주나라 문왕의 비가 왕을 지탱하는 것과 같습니다. 예의(禮義)의 떨어짐을 옛날과 달리 거의 볼 수 없었습니다.

바라건대 신은 어리석지만 우리 두 성인의 지극히 자비롭고 지극히 은혜로움을 지나치게 받았습니다. 아버지가 아들에게 행하는 가르침과 천지가 만물을 덮어 돌보는 사사로움에 만분의 일이라도 보답하고자 그 모든 것을 다하지 않을 수 없습니다. 무릇 강철로 만든 아름다운 옥이라고 해도 그 덕을 베껴 그리기에는 부족합니다. 관악기와 현악기가 내는 모든 소리를 다해도 그 공적을 형용하기는 부족합니다. 전하는 오히려 또한 겸손히 누르고 그치니 변하지 않는 법전이 장차 가르쳐지지 않습니다. 대동(大同)의 논의가 역시 어찌 따르겠습니까? 신이 간절하게 그치지 않으니 청함을 얻을 때까지 중단하지 않을 것입니다. 엎드려 바라옵건대 성명(聖明)이시여, 자그마한 정성을 굽어살피시고, 또한 여론의 정서를 좇으셔서 속히 윤허해 그대로 시행해주옵소서. 신이 다른 임

___

대비를 가리킨다. 장락궁은 한(漢) 나라 고조가 모후를 받들기 위하여 세운 궁전임

무 없이 정성을 다하여 크게 기원함이 지극하니 삼가 두려움을 무릅쓰고 아뢰옵나이다.

2.4 東宮上疏批答 동궁 상소에 대한 비답

答曰, 省疏具悉甭懇, 予以否德, 叨承丕基, 兢兢焉. 惟恐不克負荷, 夫豈有何功可言, 何言可稱而遽爲此萬萬不當之請也. 惟予付托之重, 一國蘄嚮之切, 宜在於甭之勤學進德. 造造於斯. 甭欲以親心爲心, 則尤不宜彌文之爲也. 矧今憂虞日甚, 萬幾叢脞, 國計民生之艱紐遑汲, 日不暇給, 非不諒甭之忱誠而旣無其實. 又非其時, 盯請不允, 傳曰東宮上疏批答, 都承旨持傳.

답하여 이르기를, "상소를 살피니 그대의 간절함을 모두 갖추었다. 부덕한 내가 외람되이 큰 기틀을 이어받아 조마조마해하고 있으니, 오직 짐을 극복하지 못할까 두렵다. 무릇 어찌 무슨 공적이라 말할 것이 있으며 무슨 말로 칭할 수 있겠는가? 갑작스레 이는 만만 부당한 청이다. 오직 그대 부탁의 중함과, 일국에 메아리치는 절박함이 그대의 부지런한 학문과 나아가는 덕에 놓여 있고 여기에 독실함이 있다. 그대가 마음을 친히 함으로 삼고자 한다면 더욱 글을 모두 채워서는 안 될 것이다. 하물며 지금은 근심과 격정의 날이 심하다. 모든 일이 자질구레하고 번잡하여 통일이 없고, 나라의 모든 일과 민생(民生)의 어려움이 황급하여 하루도 한가로이 지낼 수 없다. 그대의 정성을 살피지 않을 수 없으나 이미 그 실제가 없고, 또한 그 때가 아니다. 청한 바는 윤허하지 않는다."

전하여 이르기를, "동궁상소비답은 도승지가 가지고 가서 전하라" 하셨다.

2.5 再疏批答 재소에 대한 비답

答曰覽甭疏, 諒甭忱, 事苟不安於心, 亦不宜勉强而行, 予則知甭, 莫如而甭豈不知予之心也. 夫大德必得其名者, 實有是德之謂, 非其實而受其名, 於心安乎, 爲孝之道, 以卷志爲貴. 甭今年屆志學, 惟時懋敏, 德業將就, 以悅予心, 孝之大也. 更勿煩懇, 益勉講劘之工焉. 傳曰東宮上疏批答, 都承旨持傳.

답하여 이르기를, "그대의 상소를 보았고, 그대의 정성을 살폈다. 그러나 이 일은 진실로 마음이 불편하니 억지로 하려 해서는 안 될 것이다. 나는 곧 그대의 뛰어남을 아는데 그대는 어찌하여 나의 마음을 알지 못하는가? 무릇 큰 덕은 반드시 그 이름을 얻는 법, 결실이 있으면 덕이라 한다. 결실이 없는데도 그 이름을 받으면 마음에 편안하겠는가? 효도하는 방법에는 뜻을 기르는 것이 중요하다. 그대가 올해에 학문에 뜻을 두는 나이인 열다섯에 이르렀으니, 오직 때때로 힘쓰고 덕업을 이루어서 내 마음을 기쁘게 하는 것이 효도의 큰 것이다. 다시 번거로이 간청하지 말고, 더욱더 학문을 갈고 닦는 데 힘쓰라."

전하여 이르기를, "동궁상소비답은 도승지가 가지고 가서 전하라" 하셨다.

2.6 三疏批答 삼소에 대한 비답

答曰課日誠心, 益見其忱誠之彌篤, 知汝之夙就, 予心嘉悅而至於此稱述之事頤, 何可有處乎, 非欲萬謙, 實愧矣. 傳曰東宮上疏批答, 都承旨持傳.

답하여 이르기를, "날마다 성심으로 그 정성이 가득하고 돈독해짐을 보았다. 그대의 이른 성취를 알고 내 마음이 매우 기뻐서 이렇게 진술의 지극함에 이르렀으니 어찌 물리칠 수 있겠는가마는, 계속 겸손하고자 하지 않으니 실로 부끄럽다."

전하여 이르기를, "동궁상소비답은 도승지가 가지고 가서 전하라" 하셨다.

3 辭參試疏 참시관[10]을 사양하는 상소

伏以臣, 性本疎迂, 才又綿薄, 初無學術之資, 又蔑絲毫之補, 上不能對揚
畎化, 下不能稱愜物情, 不無償敗之患而偏蒙我. 聖上拂拭之恩, 輥晉冥升,
濫躋下大夫之列, 曾叨是任, 不克精白, 試體之壞損, 臣分之隳虧, 既貽淸朝
之羞, 又招四方之議矣. 倘微我殿下, 天地包容之量, 父母慈育之恩, 臣無以
獲免大戾而反荷寵錫邇來, 華誥聯翩, 願分已溢, 居恒憂懼, 寢夢猶驚, 迺者
參試之命, 又反於千萬無似之身, 此豈臣夢寐之聽曾到耶. 怕怳震駭, 因知
攸措廉防居先艮限在前. 臣聒以忧焉兢惕, 食息靡寧, 反復揣量, 安敢冒進
此地乎. 伏乞聖慈, 諒臣至懇, 亟命鐫遞臣新, 授參試之職, 回授可堪之人,
一以恢公議, 一以安私分焉. 臣無任瞻天望雲, 激切屛營之至.

---

10 조선 시대 과거시험의 시험 감독관을 뜻함.

엎드려 생각하옵니다. 신은 천성이 본래 밝지 못하고, 재주 또한 박합니다. 애초 학술의 자질이 없고, 또한 미약한 보탬도 되지 못합니다. 위로는 빛나는 교화를 받들어 널리 알리지 못하고, 아래로는 물정에 합당하다고 칭할 수도 없어 일을 망칠까 걱정이 앞섭니다. 그러나 우리 성상의 티끌 없는 은혜를 편벽되이 받아 속히 어두운 곳에서 벗어날 수 있었으며, 외람되이 하대부(下大夫)[11]의 대열에 올랐습니다.

외람되게 참시관의 자리는 맡았지만 마음과 뜻을 깨끗하게 하지 못했고 시험 보는 격식의 무너짐과 신하된 처지의 어그러짐은 이미 조정의 부끄러움이 되었으며, 또 사방의 비웃음을 불러일으켰습니다. 빼어나고 정교한 우리 전하의, 천지를 포용하는 헤아림과 부모의 자애로운 훈육의 은혜에 신은 크게 울지 않을 수 없습니다.

그럼에도 특별한 총애를 받은 이래 내리신 교지가 모두 잇따라 가볍게 나붓거립니다. 바라건대 분수에 이미 넘쳐, 거함에 항상 근심하고 두려우며, 잠들면 꿈에 놀랍니다. 이에 참시(參試)의 명(命)이 또한 천만 가지나 쓸모없는 이 몸에 이르렀습니다. 이 어찌 신이 꿈에서라도 일찍이 도달한 바이겠습니까? 놀라고 또 놀라워서 어찌할 바를 알지 못합니다.

염치없는 일은 못하게 함이 앞서야 하고, 한계가 앞에 있어야

---

11 통훈대부(通訓大夫)로부터 조봉대부(朝奉大夫)에 이르기까지의 정3품(正三品) 당하관(堂下官)을 일컫는 말.

합니다. 신은 오로지 경계하고 두려워하여 조심하고 있습니다. 먹고 쉼에도 편안하지 않아, 다시금 헤아려봅니다. 어찌 감히 그런 곳으로 나아갈 수 있겠습니까? 엎드려 성스러운 자애로움에 비옵니다. 신의 지극히 간절함을 헤아려 속히 신을 내쳐 다른 이로 교체하고 새롭게 참시(參試)의 직을 명해주십시오. 돌이켜 가히 담당할 만한 사람에게 주십시오. 한편으로 공의(公議)를 회복하고, 다른 한편으로는 각자의 분수를 지킬 수 있을 것입니다. 신은 특별히 다른 임무 없이 하늘을 우러르고 구름을 바라보며 격렬하고 절실한 두려움이 지극합니다.

4 大臣辭職疏 대신을 사양하는 상소

伏以臣, 以世祿之裔, 嘗叨具瞻之地則心懸, 宸極, 宜倍他人, 然猶跧伏畎畝, 長逡不返者, 非獨以臣之自知其不足於補相, 亦惟殿下之矜俯燭而垂許故, 數年以來, 實感聖恩, 自以謂投閒置散, 以畢餘生矣. 千萬夢外, 寵命, 復下, 加臣以首揆之命, 此誠何哉. 豈以臣之退伏, 誠不見孚而然歟, 抑亦上之寵榮老臣, 垂此罔極之恩耶. 百僚非人, 猶患僨事, 重大之任, 固非虛名可羈則臣非其人, 不惟自分, 殿下之矜愼簡, 爲何如而謬恩, 至此, 百爾思量, 實不知聖意之矜任, 惶懍窮蹙, 十倍前日, 又況近日事務, 尤非蒙駿者, 矜可擔扮而臣本庸陋, 固難陣力就列踐齒矜加, 病與爲仇, 只待符行, 不省其他, 此實臣之眞情而不敢餙辭者也. 設或冒進而無補國事則如臣貪祿之譏, 願不足恤. 國體之爭損, 莫此爲甚, 故, 歷陳必辭之義, 伏乞聖明, 察臣無他, 亟命鐫削臣新授職秩, 改卜賢德, 一以慰衆望, 一以安私分, 不勝幸甚, 臣無任惶愧祈懇之至.

엎드려 생각하옵니다. 신은 대대로 나라의 녹봉을 받아온 후손입니다. 일찍이 외람되게 뭇사람이 모두 우러러보는 자리에 올랐으므로 마음이 대궐에 내걸림이 의당 다른 사람의 배가 되었습니다. 그러나 오직 밭의 고랑과 이랑에 묻혀 오랫동안 굳세게 돌아오지 않은 것은, 비단 신이 스스로 대신에 부족함을 알기 때문만이 아니라 또한 오직 전하가 내려보시고 살펴 허락해주셨기 때문입니다.

수년 이래 실로 성은을 입어 스스로 생각하기를 한가한 곳으로가 여생을 마치겠다고 마음먹었습니다. 그런데 천만 꿈에도 생각하지 않던 터에 전하가 총애하여 내리는 명이 다시 내려졌습니다. 신을 영의정으로 하라는 명을 내리신 것입니다. 정말 어떻게 된 것입니까? 어떻게 신이 물러나겠다고 한 것이 참으로 믿음을 얻지 못해 그렇게 된 것입니까? 아니면 역시 늙은 신하를 총애하는 전하의 망극한 은혜가 베풀어진 것입니까? 백관이 적당한 사람이 아니면 일이 실패할까 근심하게 됩니다. 중대한 자리는 참으로 허명(虛名)으로 매여 있을 수 없습니다. 그런즉 신이 적당한 사람이 아니라는 것은 혼자만의 생각이 아닙니다.

전하의 신중히 선택하는 바는 어떠하길래 잘못된 은혜가 여기에 이르렀는지 백 번 생각해도 실로 성의(聖意)가 무엇인지 알 수가 없어 두렵고 근심함이 전날보다 열 배입니다. 또 하물며 근일 사무는 아둔한 자가 담당할 수 있는 것이 아닙니다. 신은 본래 용렬하고 비루하여 진실로 힘을 다해 대열에 서기 어렵습니다. 나이가 더해지면 병이 원수가 되어 그저 같이 가기를 기다리지, 다른 것을 살피지 못합니다. 이는 실로 신의 진정이며, 감히 꾸며내는 말이 아닙니다.

설혹 무릅쓰고 나아간다 해도 나랏일에 보탬이 되지 못한즉 신이 녹을 탐했다는 비웃음을 사고 말 것입니다. 바라옵건대 저의 부족함을 불쌍히 여기시면 국체의 손해가 심하지 않을 것입니다. 고로 계속해 사직하겠다는 뜻을 간곡히 진술하였습니다. 엎드려 빌건대 성명(聖明)이시여! 신에게 다른 뜻이 없음을 살펴 속히 신에게 새로 내려진 직임과 녹봉을 없애도록 명하십시오. 그리고 어질고 덕 있는 자로 바꾸어 한편으로 공의를 회복하고 다른 한편으로는 각자의 분수를 지킨다면 다행스러운 일이 아니겠습니까? 신은 특별히 다른 임무 없이 황송하고 부끄러워 간절히 기도함이 지극합니다.

5 乞救偕來史官疏 같이 온 사관을 돕고 싶다는 상소

伏以臣, 身伏田里, 瞻望象魏, 微衷自激, 寸心懸結, 日與村翁野老, 共效華封之祝而已. 因竊伏念無狀賤臣, 積罪如山, 恩造罔極而尙稽祗謝, 敦召至勤而久未趨承, 近侍相守, 今已彌日而冥然頑然, 無意蠢動, 傍觀者, 亦爲之寒心則在臣身, 滿心惶懍, 當復如何, 如是而尙逭刑章, 可謂國有法乎, 寢夢, 猶驚, 食息, 靡寧, 直欲覓死而不可得也. 夫遣近侍偕來, 是何業曠絶之殊禮也. 自非去就出處, 繫國家安危者則未嘗輕施於人人, 如臣顓蒙, 有何一毫远似於此者而乃敢冒當此恩也哉. 臣誠愚昧, 實莫曉聖意之所在, 抑殿下, 以臣謨猷碩畵, 可以禪益治化, 欲其留置朝端, 以效匡輔也耶. 臣昔, 數年在朝, 備位大僚, 有懷必陳, 未嘗有隱而終無一言之當聖心者, 其妄率猖狂之性, 莫逃於聖鑑之下則其不堪復爲當世之用, 亦明矣. 近侍之久滯, 恩命之屑越, 豈不至爲未安乎. 目今畿邑, 殘敗西成, 荒儉而廚傳之際, 疲岷, 奔走, 去來, 織路, 怨咨, 日聞, 以臣之故, 貽弊至此, 豈獨臣心之縮恧不安而已. 亦朝家之所宜軫念處也. 伏乞聖明, 亟寢史官偕來之命, 以祛畿邑之弊, 仍遞臣新授之銜, 不然則治臣違傲之罪, 以肅朝綱, 以安賤分, 公私, 不勝幸甚, 臣無任惶蹙祈懇之至.

엎드려 생각하옵니다. 신은 시골 마을에 묻혀 살면서, 대궐의 문을 멀리서 우러러보았습니다. 변변치 못한 속뜻에 자격지심이 들고, 속으로 품은 작은 뜻이 줄지어 맺힙니다. 시골 사는 노인네와 함께 매일 화봉(華封)의 축원[12]을 바칠 뿐입니다. 이 때문에 마음으로 삼가 생각합니다. 내세울 만한 공이 없는 미천한 신은, 쌓인 죄가 산과 같은데 은혜는 망극하여 여전히 크게 감사하고 있습니다.

임금의 부름에 지극히 부지런해야 하나 오랫동안 임금에 가까운 신하와 재상, 수령을 따라가지 않았습니다. 그런지 지금 이미 날이 오래되어 완고하고 미욱합니다. 다른 뜻 없이 준동(蠢動)하고 방관하는 자 역시 한심한즉 신하된 몸으로 마음 가득 황공하고 두렵습니다. 마땅히 다시 어찌해야 하겠습니까? 이처럼 하고도 아직 형법을 면했으니 가히 나라에 법이 있다고 말할 수 있겠습니까?

잠자며 꿈꿀 때도 놀라고, 먹고 쉬어도 편안하지 않습니다. 곧바로 죽음을 찾고자 하나 그렇게 하지 못했습니다. 근시(近侍)와 같이 온 자들을 쫓아버렸으니 이 무슨 전례 없는 예의입니까? 스스로 거취(去就)와 출처(出處)가 아닙니다. 국가 안위에 관계된 일인즉 일찍이 사람 사람마다 가벼이 시행해서는 안 됩니다. 신과 같

---

12 화봉삼축(華封三祝): 요(堯) 임금이 화(華) 지방을 순행할 때, 그곳의 봉인(封人)이 요 임금의 덕을 찬양하여, '성인(聖人)은 장수(壽)하시고, 성인은 부(富)하시고, 성인은 다남(多男)하시라'고 축복했다는 고사. 이 고사에 근거하여 임금에게 경축의 인사말을 올릴 때 자주 사용함.

이 어리석은 자가 조금이라도 여기에 가까운 것이 있어 감히 이런 은혜를 감당할 수 있겠습니까?

신은 진실로 우매합니다. 실로 임금의 뜻이 어디에 있는지 깨닫지 못합니다. 아니면 전하는 신으로 하여금 큰 그림을 꾀하여 가히 다스림을 돕고, 조정에 붙잡아두고 임금을 돕게 하고자 한 것입니까? 신은 과거 수년 동안 조정에서 대신의 자리에 있었습니다. 그때 마음에 품고 있는 것은 모두 진술하여 숨긴 것이 없었는데, 끝내 한마디도 전하의 마음에 합당한 것이 없었습니다. 그 망령되고 경솔하며 성급하고 미친 듯한 성질은 임금의 살핌 아래서 도망갈 데가 없었던즉 다시 지금 시대의 쓰임을 감당할 수 없음이 또한 분명합니다.

근시의 오래 지체함은 임금의 명을 가볍게 날려 버린 것이니 어찌 미안(未安)함에 이르지 않겠습니까? 현재 경기도 내 고을들이 쇠잔하고 어려워 가을철 수확이 흉년이므로 역참(驛站)에서 관원에게 음식과 역마를 제공할 때 백성을 피곤하게 합니다. 분주하게 오가고 길을 건넘에 원망과 탄식이 날로 들립니다. 신 때문에 폐를 끼침이 여기까지 이르렀습니다. 어찌 홀로 신의 마음만 위축되고 불안할 뿐이겠습니까? 역시 조정에서 마땅히 걱정해야 할 바입니다.

엎드려 빌건대 성명(聖明)이시여, 속히 사관과 같이 오라는 명을 거두어 경기도 각 고을의 폐를 제거하고, 이어 신을 교체하여 새로운 관직을 주십시오. 그렇게 하지 아니하면 신하를 다스림에 거만한 죄가 됩니다. 그것으로 조정의 조직을 숙정하고, 귀천의 분수와 공과 사의 구별을 명확히 하면 다행스러운 일이 아니겠습니까?(더 이상 바랄 일이 없겠습니다.) 신은 황송함과 두려움이 지극하여 감당할 수가 없습니다.

6 辭兵判疏 병조판서를 사양하는 상소

伏以臣, 立朝事我殿下, 今纔六七年于玆矣. 以才則最居人後, 以官則輒在人先, 初自雷肆之銜, 進于簪筆之班, 處內閣而管圖書, 忝銓席而掌權衡, 內外華膴, 歷敭殆遍, 近又忝居中權, 已過一年而素乏陰雨綢繆之謀, 又蔑赫韋振抚之效, 無聊仰禪於詰戎愼簡之政, 知臣之才器無當者, 莫不以臣爲濫, 見臣之班資無漸者, 莫不以臣爲驟, 尋常愧懼, 若隕淵谷, 環顧等輩, 汗顏先騂, 歷頌恩造, 隕結莫報, 千萬不自意, 大僚筵請, 以臣, 特授從一品階, 殊恩隆渥曠絶千古, 此豈臣夢寐之所曾到耶. 恟怳震駭, 彌日而不自定也. 噫崇品進秩, 是何等重大而可爲臣, 榮其身已耶朝家器使之道, 決知其不當如是也. 方今林立羣彦, 不乏老成之人, 亦多淹屈之嘆而乃反以簪履微品, 戚畹近屬, 一朝超擢, 不少留難, 有若積薪之在上, 殆同糠粃之居前, 豈不貽淸朝之羞而招四方之譏哉. 臣聞國朝以來, 驟擢之擧, 其難其愼, 未嘗有承乏苟充之時而今此大臣之仰請自歸於謬薦. 殿下之允從, 未免爲私恩, 臣何敢冒沒承當, 以累則哲之明哉. 伏乞聖明, 深惜名器之至重, 且念廉防之難壞, 俯察臣抵死力辭之血忱, 非出於餙讓便身之計, 亟命收臣新授崇政之秩, 以重國體, 以安賤分, 不勝大願, 臣無任激切祈懇之至.

엎드려 생각하옵니다. 신이 조정에 올라 우리 전하를 섬긴 지 지금 겨우 6, 7년에 이릅니다. 재주로 하면 다른 이들 가장 뒤에 머무릅니다만 관직으로 하면 갑자기 다른 사람 앞에 서게 되었습니다. 애초 세자시강원(世子侍講院)의 직함으로부터 시작하여 사관[簪筆][13]의 반열로 나아가 내각에 처했으며, 도서를 관장하였습니다. 사람을 뽑는 자리도 더해져서 시험관[權衡]을 맡았습니다. 안팎으로 화려하고 녹이 많은 관직[華腆][14]을 두루 맡았습니다. 근래에는 또 더하여 중권(中權)에 거한 지 이미 1년이 지났습니다.

그러나 평소 일이 닥치기 전에 미리 준비해두는 꾀가 부족하였고, 또한 고위 무관의 떨쳐 헤아림을 본받지도 못하여, 오랑캐를 다스리고 신중히 간택하는 정사에 도움이 되는 바가 없었습니다. 신의 재주와 그릇이 마땅하지 않음을 아시고도 신을 넘치게 쓰시고, 신의 반열과 바탕이 나아가지 못함을 보시고도 신을 갑자기 찾으셨으니, 항상 두려워하기를 못과 골짜기가 무너진 듯이 하였습니다. 주위의 무리를 둘러보면 부끄러워 얼굴이 붉어졌고, 은혜를 누차 기리니 목숨을 바쳐도 보답할 수가 없습니다.

그런데 천만 제 뜻과 상관없이 대신들이 경연에서 청하여 신에게 종1품의 품계를 특별히 주셨습니다. 특별한 은혜가 두텁게 흘러내리고 천고에 없는 일이니, 이 어찌 신이 꿈에서라도 일찍이

---

13 옛날 중국 사람이 일이 있을 때 쓰기 위하여 붓을 머리에 꽂고 홀(笏)이나 독(牘)을 몸에 지니고 다녔다는 고사(故事)에서 유래된 말. 전하여 사필(史筆)을 가진 신하라는 뜻으로, 승정원의 주서(注書)나 예문관의 검열(檢閱)을 이름.
14 화관무직(華官腆職): 이름이 높고 녹이 많은 벼슬.

도달한 바이겠습니까? 깜짝 놀라서 어리둥절하였습니다. 날이 지나도 저절로 마음이 가라앉지 않았습니다. 아! 품계와 녹봉을 올리는 것이 이 얼마나 중대한 일입니까? 가히 신으로 하여금 몸을 영광되게 하였으나 조정이 그릇을 사용하는 방법으로는 결단코 그 부당함이 이와 같음을 알아야 합니다.

현재 수풀처럼 늘어선 선비들이 있고, 노성(老成)한 자도 부족하지 않습니다. 또한 진퇴에 대한 탄식이 많습니다. 그러나 반대로 고관 복장으로 품계를 거두어들였고, 임금의 내척과 외척, 가까운 친속이 하루아침에 벼슬의 품계를 뛰어넘어서 높은 자리에 뽑혔으니 일의 어려움이 적지 않습니다. 마치 쌓아올린 땔나무가 위에 있고, 겨와 쭉정이가 앞에 있는 것과 거의 같으니, 어찌 청 왕조의 수치를 받고 사방의 비웃음을 불러일으키지 않겠습니까?

신이 듣기에 우리나라 조정이 세워진 후로 갑작스럽게 발탁하는 행위에 어렵고 조심스러워해서, 인재가 없어서 재능이 없는 자를 겨우 채워 넣는 때는 일찍이 없었습니다. 지금 이 대신의 요청은 잘못된 추천으로 귀결됩니다. 전하가 윤허하여 따르신 것은 사적인 은혜를 면하지 못할 것입니다. 신이 어찌 감히 받아들여 감당하겠습니까? 누차 그러하다면 생각의 밝음이겠습니까?

엎드려 빌건대 성명(聖明)이시여, 명분의 지극히 중함을 깊이 아끼시고, 또한 염치없는 일을 막기가 어려움을 생각하시며, 신이 목숨을 걸고 힘껏 사양하는 피 끓는 마음이 겉으로만 사양하는 척하고 몸을 편히 하려는 계획에서 나온 것이 아님을 굽어살펴주십시오. 속히 명하여 신에게 새로 내려진 숭정(崇政)의 녹을 거두시

고, 국체를 중히 하시고 귀천의 분수를 확실히 해주셨으면 하는
큰 바람을 억누르지 못하겠습니다. 신이 다른 임무 없이 간절히
구함이 지극합니다.

7 辭內閣提學疏 내각제학을 사양하는 상소

伏以, 惟天惟祖宗, 春佑我東方, 太母, 寶齡, 彌邵, 縟儀, 先擧, 四殿瑤册, 將闡, 睿孝, 采光, 福斂時五, 慶實曠千. 率土含生, 普功欣頌, 臣忝通列, 榮倍餘人, 迺於千萬夢寐之外, 內閣提學之任, 忽及於臣身, 臣聞命而五情失守, 奉誥而感淚, 被面, 直欲循墻逃遁而不可得也, 仍伏念臣, 跡起圭竇, 才短襪線, 遭際喊會, 滾登崇班, 涯分已溢, 涓埃莫效, 撫躬慙惶, 若隕于淵, 自臣釋褐以來, 凡中外胻歷歷, 無非淸要華膴, 揣分不稱而糜本兵之任者, 經年于兹, 以言乎戎政則旂之精彩, 無變, 以言乎銓注則靺韋之淹屈, 莫疏, 不但才分之自知不逮, 因仍久帶, 必有僨敗之患, 每欲畢陳情懇, 以丐解免, 連値慶會, 有不敢仰煩酬應, 趑趄囁嚅, 如坐針氊矣. 此際, 又加以千不近萬不似之職名. 夫豈有一毫堪承之望哉. 噫, 內閣之設, 倣天章天祿之制, 依龍圖文淵之規, 藝紬玉笈, 上應奎壁之輝, 御眞宸翰, 昭回雲漢之光, 地分, 淸切, 迥出詞垣, 臣於是閣, 亦嘗濫叨而至於六員之長, 特居兩館之右, 其胻甚重, 尤非一院諸僚之比, 苟非世掌絲綸之家, 賢餙黼黻之人, 博學, 如世南之秘書, 文章, 如歐陽之西聽者, 不足以應是選, 豈如臣闒茸者, 胻可擬議也哉. 暫肅恩命, 雖緣駕屨之義, 仍冒匪據愈切負乘之懼, 雖以殿下則哲之明, 亦何取於魚目混珍, 齊門濫竽, 以汚殿下, 右文之治, 華殿下, 用人之方而莫之恤乎, 兹敢披瀝, 仰籲於黈纊之下, 伏乞聖慈, 特垂鑑諒, 亟賜鐫褫, 仍將臣耵帶中權之銜, 回授可堪之人, 俾私分, 獲安, 公器, 無玷焉. 臣無任瞻天望雲, 屛營祈懇之至. 大槩久縻蔑效, 新除逾分, 敢控無堪之實, 冀蒙幷遞之恩.

엎드려 생각하옵니다. 오직 하늘과 선대 왕조께서 우리 동방을 돌보아주셔서 임금의 태모(太母)의 보령(寶齡)이 높이 차서서 성대한 의식을 먼저 행하였습니다. 전각 네 곳의 책봉이 장차 천명될 것인데, 이름은 각각 예효(睿孝), 미광(朱光), 복렴시오(福斂時五), 경실광천(慶實曠千)입니다. 온 천하와 모든 생명이 온통 기리고 있으며, 신 또한 임금의 가까운 반열에 자리해 영광이 다른 이들에 배가 되었습니다.

그런데 천만 꿈에서도 생각하지 못한 내각제학의 자리가 홀연 신의 몸에 다가왔습니다. 신은 명을 듣고 오정(五情)[15]을 지킬 수 없었습니다. 명을 받들고 매우 감격하여 눈물을 흘렸습니다. 이런 상황을 당해 바로 담을 넘어 도망가고자 했으나 그렇게 하지 못했습니다. 이에 엎드려 생각하옵건대 신의 이력은 궁벽한 시골에서 시작했으며, 재주의 짧음은 버선의 실 정도이나 밝은 기회를 만나 숭고한 반열에 올랐습니다. 이미 분수에 넘쳐 물방울과 티끌만큼도 드릴 바가 없습니다. 몸을 어루만지며 일어설 때를 기다리기에는 부끄럽고 당황스럽기가 연못에 빠진 듯합니다.

신이 처음으로 석갈(釋褐)[16]한 이래 무릇 안팎으로 역임한 것이 청환과 요직이요, 화려하고 녹이 많은 화무(華膴)가 아닌 것이 없었습니다. 분수를 가려 칭하지 않고, 병조판서의 자리를 맡기셨습

---

15 사람이 지닌 다섯 가지 감정. 곧 기쁜 것[喜], 노여운 것[怒], 슬픈 것[哀], 즐거운 것[樂], 원망[怨] 혹은 욕심[欲]을 합하여 일컫는 말.

16 천복(賤服)인 갈(褐)을 벗는다는 뜻으로, 과거(科擧)에 합격(合格)한 자가 평민의 옷을 벗고 새로이 관복을 입음. 곧 문과(文科)에 급제(及第)하여 처음으로 벼슬함.

니다. 해가 지난 지금, 융정(戎政)[17]에 대해 말하자면 깃발의 아름다운 색채는 변함이 없습니다. 인물 심사와 관직 배정에 대해 말하자면 고위 무관의 진퇴를 트이게 하지 못했습니다. 비단 재주와 분수가 미치지 못함을 스스로 알았기 때문일 뿐만 아니라 이로 인하여 오래 지체함이 반드시 일을 그르쳐 망치리라는 걱정이 있었기 때문입니다.

매번 정성을 다해 아뢰어 해임해주시기를 빌었습니다. 그러나 계속해서 경사스러운 잔치를 만나 감히 번거로이 요구에 응해주시기를 바라지 못했습니다. 주저하고 소곤거리기를 마치 가시 방석 위에 앉은 듯이 하였습니다. 이런 때에 또 더하여 천만 어울리지 않는 직명을 더해 주셨습니다. 어찌 조금이라도 감히 받기를 바라겠습니까?

아! 내각의 설치는 천자의 법과 녹의 제도를 모방한 것이고, 송나라의 용도각과 명나라의 문연각의 규정에 따른 것입니다. 향기로운 비단과 옥으로 만든 책 상자가 위로는 경서를 박아 만든 책의 빛남에 상응합니다. 임금의 초상화, 임금의 서찰, 천체의 운행[18]과 은하수[19]의 빛남, 땅의 분별과 깨끗하고 맑음이 멀리 한림

---

17 군사 문제에 대한 일반 행정 사무. 군정이라고도 함. 조선 전기에는 군사 업무 중 병정(兵政)은 병조(兵曹)가 담당하며, 군정(軍政)은 도총부(都總府)에서 주관하였으나 조선 후기 훈련도감(訓鍊都監)·금위영(禁衛營)·어영청(御營廳)·총융청(摠戎廳)·수어청(守禦廳) 등 오군영(五軍營) 체제가 성립한 후에 군정은 각 군영에서 담당함.

18 소회(昭回): 해·달·별 같은 것이 환히 비추어 도는 것.

19 운한(雲漢):『시경(詩經)』「대아(大雅)」편의 노래 이름. 주(周)나라 선왕(宣王)

원에서 나왔습니다.

　신은 이 내각에서 또한 일찍이 넘치게 자리를 차지하여 6원(員)의 장에까지 이르렀고, 특별히 양관(兩館) 중 오른쪽에 거하였습니다. 그 중요한 바는 한 기관의 모든 관료에 비할 바가 아닙니다. 만약 임금의 조칙을 대대로 담당하는 집안이나, 여러 문장[20]을 찬하고 수식해온 자, 박학하기가 세남(世南)[21]의 비서(秘書)만 한 자, 문장이 구양수(歐陽脩)[22]의 서청(西廳) 같은 자가 아니라면 이런 선발에 응하기 부족합니다. 어찌 신같이 천하고 어리석은 자가 가히 그 가부를 논의할 수 있겠습니까?

　잠시 은혜로운 명을 공경하여 비록 수레와 신발의 뜻에 인연하였으나 이에 감히 있지 말아야 할 곳에 있는 것은 더욱 두렵게 합니다. 비록 전하는 즉 생각이 밝으시고 또한 어찌 진짜와 가짜를 혼동하여 취하시겠습니까마는, 무능한 자를 높은 자리에 올

　이 한재(旱災)로 인하여 하늘에 빌자, 백성이 그 덕을 기리는 노래임. 은하수.

20 문원보불(文苑黼黻): 조선 시대 초엽 이래의 관각(館閣)의 문장(文章)을 모은 책. 내용은 옥책문(玉冊文)·반교(頒敎)·위유(慰諭)·교문(敎文)·교명문(敎名文)·죽책문(竹冊文)·제문(祭文)·애책문(哀冊文)·상량문(上樑文)·사제문(賜祭文)·국서(國書)·노포(露布) 등으로서, 김종수(金鍾秀)의 서(序)와 이복원(李福源)의 발문(跋文)이 들어 있음. 정조 11년(1787)에 간행. 45권 22책.

21 중국 당나라의 서예가. 왕희지의 서법을 익혀, 구양순(歐陽詢)·저수량(褚遂良)과 함께 당나라 초의 3대가로 일컬어지며, 특히 해서(楷書)의 일인자로 알려져 있다.

22 중국 송나라의 정치가 겸 문인. 한림원학사(翰林院學士) 등의 관직을 거쳐 태자소사(太子少師)가 되었다. 송나라 초기의 미문조(美文調) 시문인 서곤체(西崑體)를 개혁하고, 당나라의 한유를 모범으로 하는 시문을 지었다. 당송팔대가(唐宋八大家)의 한 사람이었다.

려[23] 문을 숭상하는 전하의 정치를 훼손시키고, 전하의 사람을 쓰는 방식을 어그러뜨리는 것은 아닌지 걱정입니다.

이에 감히 평소 숨겨둔 생각을 모조리 말씀드려 임금의 면류관[24] 앞에 우러러 구하였습니다. 전하께 엎드려 비옵니다. 특별히 살피고 이해해주셔서 속히 큰 띠를 풀어주십시오. 그리고 장차 신이 지닌 중권(中權)의 직함을 거두어 감당할 수 있는 자에게 주십시오. 이것으로 사적인 욕심을 잠재워서 공적인 그릇이 이지러지지 않게 하십시오. 신이 다른 임무 없이 하늘과 구름을 바라보고 두려워하며 간절히 바람이 지극합니다.

대개 오랫동안 옭아매면 효과가 없어집니다. 분수를 넘어 새로 벼슬을 주는 것은 감당할 수 없는 실(實)임을 감히 아룁니다. 함께 교체되는 은혜를 받기를 바랍니다.

---

23 남우(濫竽): 우를 함부로 분다는 뜻으로, 무능한 사람이 재능이 있는 체하는 것이나 또는 외람되이 높은 벼슬을 차지하는 것을 말함.

24 주광(黈纊): 면류관(冕旒冠)의 양쪽 귓가의 좌우에 늘어뜨린 누런 솜으로 만 솜방울. 이것은 정사를 볼 때 참언을 듣지 아니하고, 긴급하지 않은 말을 함부로 듣지 않으려는 뜻을 나타낸 것임.

8 辭吏曹參判疏 이조참판을 사양하는 상소

　伏以臣, 本以文質無當之才, 偏蒙我聖上拂拭之恩, 輒晋冥升, 濫蹄貳卿之列, 通來華誥, 聯翩, 岡非蹂涯, 居恒憂懼, 寢夢猶驚, 雖以位著不備, 承乏苟充, 不但才分之自知不稱, 桑楡晚景, 疾病支離, 神精凋耗, 動輒錯謬, 陳力就列, 斷無其望, 迺者亞銓恩命, 又反於千萬無似之身, 此豈臣夢寐之所曾到耶. 惝怳震駭, 彌日而不自定也. 夫是職, 貳天官而佐銓衡, 甄別人物, 激揚流品, 責任之重, 地望之隆, 最稱一代之峻選則固非臣等輩, 所可擬議, 況臣, 性本疎迂才又縣薄, 初無尺寸之資, 又蔑絲毫之補, 上不能對揚喊化, 下不能稱愜物情, 不無僨敗之患而倘微我. 殿下, 天地包容之量, 父母慈育之恩, 臣何以獲免大戾乎. 旋卽恩遞之後, 竊自謂駑力旣竭, 驢技已殫, 區區臣計, 惟在於閒官散秩, 庶幾歌詠. 聖澤, 以圖不報之報而已. 豈料今日除命, 荐辱哉. 噫, 臣之所是任也. 以歲計卽不過五載而前後特授, 有若非臣, 莫可者然, 含置霧列之羣彦. 輕授鹵莽之賤臣則臣心之愧恥. 固不足言, 豈不貽四方之譏而累則哲之明乎. 臣, 所以忱焉競惕, 夙宵靡寧, 反復揣量, 末由承膺, 伏乞聖慈, 諒臣至懇, 亟命镌遞臣新授亞銓之銜, 以重名器, 以安私分, 不勝大願, 臣無任血泣祈懇之至.

엎드려 생각하옵니다. 신은 본래 겉으로 드러난 모양과 속 바탕에 부족한 재능을 지녔으나 성상(聖上)의 은혜를 넘치도록 받았습니다. 수레바퀴처럼 나아가 참판의 반열에까지 넘치게 올랐습니다. 임금이 내리는 교지가 계속해 나부끼니 도를 넘음이 없지 않았고, 항상 근심과 두려움 속에 살았으며, 잠자리에서 꿈을 꾸어도 오히려 놀랐습니다.

비록 군신의 위(位)가 갖추어지지 않아 부족한 자로 겨우 채웠으나 비단 재주와 분수가 갖추어지지 못함을 스스로 알 뿐만 아니라 나이가 들었고[25], 질병이 오래되고, 정신은 어위었습니다. 움직임에 문득 착오가 있고, 힘을 다해 대열에 나아가나 결단코 희망이 없습니다.

그런데 참판[26]이라는 은혜로운 명이 또한 천만 못난 몸에 미쳤습니다. 이 어찌 신이 꿈에서인들 일찍이 도달한 바이겠습니까? 깜짝 놀라서 어리둥절하였습니다. 날이 지나도 저절로 마음이 가라앉지 않았습니다. 무릇 이 직책은 이조판서 다음이고, 사람 뽑는 일을 보좌하는 것입니다. 인물을 뚜렷하게 분별하고, 문무 관료의 품계를 잘 조정하는 것[27]으로 책임이 중합니다. 지체와 명망

---

25 상유만경(桑楡晚景): 늙은 때를 비유해 이르는 말. 원래는 저녁 해의 그림자가 뽕나무와 느릅나무 가지에 비쳐 있는 광경을 뜻함. 신하가 일흔이 넘어 임금으로부터 궤장(几杖)을 하사받고 하례드리거나, 혹은 나이가 많아 사직(辭職)을 청할 때 늙은 나이를 비유하는 말로 쓰임.
26 아전(亞銓): 조선 시대 문무관의 전형(銓衡)을 맡은 전조(銓曹)의 버금가는 벼슬이라는 뜻으로 이조(吏曹)와 병조(兵曹)의 참판(參判)을 달리 이르는 말.
27 격양(激揚): 격탁양청(激濁揚淸)의 준말로 악을 물리치고 선을 발양시킨다는 뜻.

이 융성하고, 일대(一代)의 가장 엄준한 선발이라 칭해야 하므로 진실로 신 등의 무리가 가히 가부를 논할 수 있는 바가 아닙니다.

하물며 신은 성질이 본래 물정에 어둡고, 재주 또한 모자랍니다. 애초 조금의 자질이 없었고, 게다가 조금도 보완하지 못했습니다. 위로는 밝은 교화를 널리 알리지 못했고, 아래로는 물정에 합당했다 할 수 없어, 분패의 걱정이 없지 않았습니다. 그러나 별안간 우리 전하가 천지를 포용하는 헤아림과 부모의 자애로운 은혜를 보이시니 신이 어찌 많은 눈물을 흘리지 않을 수 있겠습니까?

돌아서니 은혜가 갈마든 후입니다. 마음속으로 스스로 말하기를, 힘이 다한 둔한 말이며 나귀 정도의 재주도 이미 다하였습니다. 구구한 신의 계획은 오직 한산한 관직에 있으면서 바라건대 임금의 은택을 읊조리며 갚지 못한 보답을 도모하는 데 있을 뿐입니다. 어찌 금일의 관직 임명으로 거듭 욕됨을 생각했겠습니까?

아! 신이 이 자리를 탐낸 것이 햇수로 계산하면 불과 5년입니다만 전후로 특별히 벼슬을 준 것은 신이 아니면 맡길 사람이 없어 그렇게 된 것 같습니다. 그러나 안개처럼 늘어선 여러 선비를 버려두고, 성질이 무디고 거친 천한 신에게 가벼이 벼슬을 준즉 신의 마음이 부끄러워 진실로 족히 말할 수가 없습니다. 어찌 사방의 비웃음을 사지 않겠으며, 그런즉 어찌 생각의 밝음이라 할 수 있겠습니까?

신이 두려워서 경계하고 조심하며, 이른 아침부터 밤늦게까지 마음이 편하지 못했습니다. 반복해서 헤아려보았으나 마음으로 응할 수가 없었습니다. 전하에게 엎드려 비옵니다. 신의 지극히 간절함을 헤아려 속히 신에게 새로 제수된 참판의 직함을 교체하여 주십시오. 그리하여 명성이 있는 인재를 중히 여기시고 사사로운 욕심을 부리지 않게 하십시오. 큰 희망을 이기지 못하여 신이 다른 임무 없이 피눈물을 흘리며 간절히 바람이 지극합니다.

9 科弊疏 과거제의 폐단에 대한 상소

伏以臣, 生長遐土, 不習朝家典故, 猥蒙天恩, 厠跡朝端于今幾載. 徒隨鵷鷺之班, 未有涓埃之報, 此, 臣之日夜惶愧, 必欲一陳於四聰之下而瀆擾是懼, 泯黙至今矣. 君臣, 猶父子則亦何敢終自阻於仁覆之天, 以負我殿下通志成物之盛化哉. 今見科擧之弊則寔爲百弊之本而朝廷上下, 視爲尋常, 不究其源. 此, 臣之獨抱憂歎者也. 伏願聖明, 留神澄省焉. 大抵, 科擧者, 國家取人之具也, 士子發身之階也. 耵關爲何等, 又況四民之事, 尤不可相易故在昔管仲之治齊也. 亦必先分四民, 至勿使雜處, 使之恒爲其業, 恒爲其業故, 其志, 有定故, 其材, 可盡. 是以士之子, 恒爲士而父兄之敎, 不肅而成, 子弟之學, 不勞而能, 工之子, 恒爲工而父兄之敎, 不肅而成, 子弟之學, 不勞而能, 商之子, 恒爲商而父兄之敎, 不肅而成, 子弟之學, 不勞而能, 農之子, 恒爲農而父兄之敎, 不肅而成, 子弟之學, 不勞而能, 此皆不見異物而遷焉之效也. 且夫大學敎人之法, 亦有等列, 凡民, 只許俊秀, 公卿大夫元士之子, 許其適子, 惟天子之元子衆子, 皆入大學則敎亦有術而士之可貴也. 有如是矣. 後世之設科而勵士也. 讀書而能文者, 方可入格, 其餘不能者, 不惟不敢, 亦不使猥雜之類, 偃然冒入故爲士者, 以儒爲業, 若農工商之見利必趨, 雖至窮餓而讀書焉. 雖有患難而讀書焉, 其耵立志, 惟在進身立朝, 致君澤民故, 及其得人則皆可爲用. 此由上之導之, 有具而下之應上, 亦有定志矣. 今也則不然, 每當

科擧則僬興而赴焉. 工商而赴焉. 奴隸而赴焉. 士之不工而亦赴焉者, 有之
故, 自下之舞奸, 試劵之疊呈, 不一其弊, 及其榜眼, 一出, 無異簽丁之簿而謂
之曰公道, 故, 雖有廉防可用之士, 不樂與彼, 此肩而同爲赴擧, 其餘士云者,
亦是奔兢無恥之徒而已. 則今之科擧, 公亦無用, 私亦無用. 固不可謂之得人
之具而只足爲敗俗之資, 朝家設科之意, 及爲叢怨之歸, 是可不寒心者乎. 古
之爲士而期乎登科也. 積工數十年故其利, 甚博而亦不他走者, 以其無他可
業, 不工於士者, 亦不敢冒赴故, 士之視科, 便作一生準的, 父以是詔子, 兄以
是勗弟矣. 今之取科者, 不以士類, 則爲士者, 平生業儒, 資身無策, 當科則讓
與無賴而不售其甸業. 此, 士有兩失而彼有兩得, 反不如無賴之逐事, 規利.
及科, 又倖也. 無賴之應擧也, 本非己物故, 失之, 無損得之, 爲倖, 至於士也,
期以數十年, 失之一朝, 可不抱寃而沒身乎. 雖或有士之八參者, 亦不以積工,
爲當然, 歸之僥倖故, 爲士者, 亦不爲工而冀其萬一之倖, 然則科擧者, 抑爲
下類發身之榮而無關國家濟治之方乎. 此弊, 莫遏, 人才不出, 人才不出則人
君將誰與治其國乎. 此, 臣所謂百弊之源而朝廷上下, 視爲尋常者, 獨抱憂嘆
者, 是也. 伏願自今以後, 苟非士類則不許赴擧, 其或有冒赴而冒參則扰其科
而罪其人, 講確條例, 著爲定式, 以科爲御士之具而勿爲闢茸輩, 甸混淆則士
之篤工者, 亦若農工商之各趍其事. 廉防可礪, 奔兢可熄, 人才可鑄而旣鑄人
才則百弊, 隨可以矯捄矣. 況今京學將設師長之任, 望實, 俱隆肆習之員, 操
行, 是察, 士有賁變蔚興之望, 咸頌右文作人之化則洽此制法之初, 政宜寔事
求是, 申明取士之方, 一科之弊, 雖若小事而甸關, 甚大則豈非有國者, 甸當
猛省而痛韋者乎. 科弊, 一祛則四民, 各安其分, 小可以管仲之覇業, 不難做
矣, 大可以大學之治國平天下, 亦不難致矣, 愚忠甸激, 言不知裁. 伏乞殿下,
亟降處分則非但士子之幸, 實爲國家之福, 謹昧死以聞.

엎드려 생각하옵니다. 신이 먼 지방에서 생장하여 조정의 법도에 익숙하지 않음에도 외람되이 전하의 은덕을 받아 조정에 발자취를 섞은 지 지금 몇 년 되었습니다. 조정 대신들[28]을 따라다녔습니다만, 아주 작은 보답도 하지 못했습니다. 이 때문에 신은 밤낮으로 황공하고 부끄럽습니다. 전하께서 널리 의견을 듣고 계시기 때문에[29] 언젠가 한번은 말씀드리고자 하였으나 분란을 일으킬게 두려워 가만히 있다가 지금에 이르렀습니다.

군신은 부자와 같은즉 또한 어찌 감히 끝내 스스로 어짊으로 뒤덮인 하늘에서 떨어져 우리 전하의 뜻에 통하고 사물을 완성하는 성대한 교화를 저버리겠습니까? 지금 과거(科擧)의 폐해를 본즉 진실로 백폐(百弊)의 근본이나 조정에선 이를 대수롭지 않게 보고 그 근원을 궁구하지 않습니다. 이것이야말로 신이 홀로 근심과 탄식을 품고 있는 이유입니다. 엎드려 바라건대 성명(聖明)이시여, 정신을 가다듬어 맑게 살펴십시오.

대저 과거라는 것은 국가에서 사람을 취하는 도구이며, 선비가 영예를 얻는 계단이니 관계됨이 어떻습니까? 하물며 사민(四民)의 일은 더욱이 서로 바꿀 수 없는 고로 옛날 관중[30]이 제(齊)나라를

---

28 원로(鴛鷺): 원추새와 백로. 이 새들의 모습이 한아(閑雅)하다 하여, 조정에 늘어선 백관들의 질서 정연함을 이르는 말이 됨.

29 사총(四聰): 사방 만민의 소리를 듣는 임금의 총기(聰氣)를 말함.

30 관중(管仲): 춘추시대 제(齊)나라의 재상. 소년 시절부터 평생토록 변함이 없었던 포숙아와의 깊은 우정은 '관포지교'라 하여 유명하다. 관중은 환공을 도와 군사력을 강화하고 상업과 수공업을 육성해 부국강병을 꾀하였다.

다스릴 때 역시 필히 먼저 사민을 나누어 뒤섞여 처하지 않고 항상 그 업을 하도록 했습니다. 항상 그 업을 하는 고로 그 뜻에 정해짐이 있고, 그 뜻에 정해짐이 있는 고로 그 자질을 다할 수 있었습니다.

이런 까닭으로 사(士)의 자식이 항상 사(士)가 되어야 부형의 가르침은 엄하게 하지 않아도 이루어지고 자제의 배움은 힘쓰지 않아도 능합니다. 공(工)의 자식이 항상 공(工)이 되어야 부형의 가르침은 엄하게 하지 않아도 이루어지고 자제의 배움은 힘쓰지 않아도 능합니다. 상(商)의 자식이 항상 상(商)이 되어야 부형의 가르침은 엄하게 하지 않아도 이루어지고 자제의 배움은 힘쓰지 않아도 능합니다. 농(農)의 자식이 항상 농(農)이 되어야 부형의 가르침은 엄하게 하지 않아도 이루어지고 자제의 배움은 힘쓰지 않아도 능합니다. 이는 모두 이물(異物)을 보지 않고 옮긴 효과입니다.

또한 무릇 대학(大學)의 사람 가르치는 법에는 같은 항렬이 있어야 합니다. 일반 사람은 단지 준수한 자만을 허락하고, 공경대부(公卿大夫), 원사(元士)의 자식은 그 적자(適子)를 허락하며, 오직 천자의 원자(元子), 중자(衆子)는 모두 대학에 들어간즉 가르침에 역시 방법이 있고 선비가 귀해질 수 있습니다.

이같이 하여 후세에 과거를 설치해 선비에게 권장하고, 글을 읽고 문장에 능한 이가 바야흐로 합격할 수 있었습니다. 그 나머지 능하지 못한 자는 잡스러운 부류로 거만스럽게 감히 들어갈 수 없습니다. 그러므로 선비는 유학을 업으로 삼는 자입니다. 만약 농공상이 이익을 보면 반드시 쫓아올 것입니다. 비록 지극히 가난하여 굶더라도 책을 읽고, 비록 환난이 있어도 책을 읽어 세운 바 뜻이 오직 몸을 내어 조정에 서고 임금에게 정성을 다하고 백성을 윤택하게 하는 고로 그 사람을 얻음에 미쳐서 모두 가히 쓸 수 있습니다. 이로써 위로부터 이끎에 온전함이 있고, 아래에서 위에 응함으로 역시 뜻에 정함이 있게 됩니다.

지금은 그렇지 않습니다. 매번 과거를 맞으면 농부들의 수레가 나아옵니다. 공상(工商)이 나아옵니다. 노예가 나아옵니다. 선비 중 공부하지 않은 자가 또한 나아옵니다. 이런 자들이 있기 때문에 아래로부터의 농간, 시험 답안지의 중복 제출 등 그 폐해가 하나가 아닙니다. 2등 합격자[31]가 하나 나오고 다른 결원 보충[32]의 장부가 없음에 이르러 말하기를 '공도(公道)'[33]라고 합니다. 그런

---

31 방안(榜眼): 과거 시험의 전시(殿試) 때 갑과(甲科)에 둘째로 급제한 사람을 이르는 말. 중국의 북송(北宋) 초기에 처음 사용된 말. 당시에는 전시(殿試)에서 2등과 3등을 한 사람을 모두 지칭하는 말이었으나, 명청(明淸) 시기에 이르러서는 오로지 2등을 지칭하는 말로 사용되었음. 조선 시대에는 아원(亞元)이라고도 하였음.

32 첨정(簽丁): 첨괄(簽括). 군정(軍丁)에 결원이 생겼을 때 대신할 자를 정하는 것. 조선 시대에는, 6년마다 군적(軍籍)을 작성하되 그 사이 결원이 생기면 해당 군현에서 세초(歲抄) 때에 대신할 자를 정하고 절도사는 관할 지역에서 1년 동안 충정(充定)했던 숫자를 모두 합계하여 계문(啓聞)하도록 법으로 규정하였음.

33 『목민심서』 1권을 보면 '수령으로서 시험관이 되면 반드시 자기 고을 유생들과 서로 관절(關節)을 통하여 사사로운 일을 하려 도모하는 데 몇 사람이 그런 은혜를 입는 반면 온 도의 사람이 원한을 품을 것이니 지혜로운 자는 그런 일을 하지 않을 것이다. 또 수령으로서 시험관이 된 사람이 팔짱 끼고 입 다물고 허수아비같이 앉아 있는 것도 또한 의가 아니다. 합격자 명단을 임금에게 보고하는 날에는 나도 그 끝에 서명하게 되니 만약 경관이 사사로운 일을 하였으면 그 죄를 나도 또한 나누어 지게 된다. 이미 시험관이 되었으면서 어찌 자리만 차지

고로 염치없는 일을 막고 등용할 수 있는 선비가 있어도 저와 어깨를 나란히 하고 같이 과거 보러 가기를 즐거워하지 않습니다. 그 나머지 선비라는 자들 역시 부끄럼 없는 무리와 경쟁할 뿐입니다. 그런즉 지금의 과거는 공적으로도 무용(無用)하고 사적으로도 역시 무용하므로 진실로 사람을 얻는 도구라고 말할 수 없습니다. 단지 풍속을 해하는 바탕이라고 해야 족합니다.

조정에서 과거를 세우고 행한 뜻이 오히려 원망을 모으는 데로 귀결되니 이것이 가히 한심하지 않습니까? 옛날엔 선비된 자가 기어이 과거에 급제하려면 공부를 수십 년 해야 하는 고로 그 이익이 심히 박하였고, 또한 다른 무리가 다른 까닭 없이 업으로 삼을 수 없었습니다. 공부하지 않은 선비 역시 감히 시험 보러 오지 못했습니다. 그런 고로 선비가 과거 보기를 곧 일생의 표준과 목표로 삼았습니다. 아비는 이것으로 자식에게 가르치고, 형은 이것으로 아우에게 힘쓰게 했습니다.

지금의 과거 시험 보는 자는 선비 부류가 아닙니다. 그런즉 선비된 자는 평생 유학을 업으로 삼아 재물을 얻어 자신을 돌볼 방법이 없으므로 과거를 맞이하면 무뢰배에게 시험 자격을 빌려주

하고 있겠는가. 경관이 졸문(拙文)을 뽑으려 하면 다투어야 하고, 좋은 글을 버리려 하여도 다투어야 하며, 또 뇌물을 받은 흔적이 있으면 다투어야 하고, 사정(私情)을 둔 흔적이 있어도 다투어서 반드시 모든 합격자 명단이 하나라도 공도(公道)에서 나오지 않은 것이 없어야 한 도(道)의 사람이 모두 그의 명성을 찬양할 것이다. 무릇 수령이 된 사람은 그 기량(器量)이 적으면 명예가 한 고을에 그치겠지만 기량이 크면 명성이 한 도(道)에 가득 차게 될 것이요, 그의 인품은 이에서 정해지는 것이다'라고 되어 있다.

지만 그 무뢰배들이 학식까지 사지는 못합니다. 이는 선비에게는 두 가지를 잃게 하는 것이고 저들에게는 두 가지를 얻게 하는 것이니, 반대로 무뢰배가 일을 좇고 이익을 꾀하는 것만 같지 못합니다.

과거 급제는 또한 요행입니다. 무뢰배가 과거에 응시함에 본래 자기의 물건이 아닌 고로 잃어도 손해됨이 없고 얻으면 요행입니다. 선비에 이르러는 수십 년 기약한 것을 하루아침에 잃으니 원망을 품고 투신(投身)하지 않을 수 있겠습니까? 비록 혹 선비로 들어가 참여하는 자가 있더라도 또한 공부를 한 자가 아니어서 당연히 요행에 귀결됩니다. 그러므로 선비된 자가 또한 공부하지 않고 그 만일의 요행을 바란다면 과거는 보잘것없는 무리가 몸을 일으켜 영예를 구하는 것이지 어찌 국가를 다스리는 방법과 관계가 되겠습니까?

이 폐해를 막지 못하면 인재가 나오지 못하고, 인재가 나오지 못하면 임금이 장차 누구와 그 나라를 다스리겠습니까? 이것이 신이 말하는 소위 백폐의 근원이나 조정에서는 대수롭지 않게 보며 홀로 근심과 탄식을 품고 있다는 것입니다. 엎드려 바라건대 이제부터는 선비 부류가 아니면 과거 시험 보는 것을 허락하지 마십시오. 혹 함부로 과거 시험을 보거나 참여하려고 하면 그 과거를 연기하고 그 사람을 벌하십시오. 조례(條例)를 확고히 강구하여 정식(定式)으로 드러내십시오. 과거를 임금을 모시는 선비의 도구로 삼으시고, 천하고 어리석은 무리가 뒤섞이지 않게 하십시오.

그러면 열심히 공부하는 선비는 마치 농민, 공인, 상인 등이 자신의 일을 열심히 하는 것처럼 염치를 갖추고 공부에 정진할 것이며, 헛된 경쟁이 가라앉을 것입니다. 그렇게 되면 인재가 양성되고, 인재가 양성되면 모든 폐단이 그에 따라 없어질 것입니다. 하물며 지금 도성의 학당에 대사성의 자리를 만들려 하시는데, 그 일이 이루어져서 학문이 융성하면 공부하는 관원들이 자신의 행동을 조심하고 조정의 일을 살펴보게 될 것입니다. 선비들에게 변화를 일으킬 희망이 생기면 다 같이 문장을 읽어 교화에 힘쓰고, 그러면 제도와 법률이 원래 의도하던 모습으로 돌아갈 수 있으며, 정사(政事)가 바른 것을 찾아내는 길이 되며, 좋은 선비를 골라내는 길이 밝혀질 것입니다.

과거의 폐해 하나쯤은 비록 작은 일이라지만 관련됨이 심히 큰즉 어찌 나라를 가진 자가 당연히 맹렬하게 살피고 통렬하게 혁파할 바가 아닙니까? 과거의 폐해 하나를 제거하면 사민(四民)이 각기 그 분수에 안정되어 작게는 관중의 패업을 어렵지 않게 이룰 수 있고, 크게는 대학의 치국평천하(治國平天下)를 역시 어렵지 않게 이룰 수 있습니다. 어리석은 충성이 넘쳐나고, 말은 마름질을 알지 못합니다. 엎드려 바라건대 전하가 속히 처분을 내리시면 비단 선비의 다행일 뿐 아니라 실로 국가의 복이 됩니다. 삼가 죽음을 무릅쓰고 아룁니다.

10 科弊疏 과거제의 폐단에 대한 상소

伏以臣, 以科弊, 陳疎者, 得之輿論而不自意見則無異惡人之釘共惡之鬼魅. 逐人之釘共逐之盜賊, 功積不奇矣. 況令斷自宸衷, 處分截嚴尤不敢复容一啄也. 然輿論雖沸而無由上聞則徒歸巷議, 處分雖嚴而罪止其人則人將以現發者, 歸之不幸而爲惡之心未嘗凵焉. 由此言之, 導達上下, 俾無壅遏, 亦一臣子, 將順匡救之事也. 臣雖蒙賤. 尙厠朝端, 既知此誼則敢不以釘聞者, 歷陳之, 以神聖世, 取人爲善之萬一也. 嗚呼, 古之論科弊者, 病其徒攻文藝, 不尙德行, 懷寶之士, 常恥求售, 冒進之, 徒紛然競趍, 今之科弊, 非惟德行文藝之尙矣無論, 每於一科衆心, 沮喪, 何者, 以私則不論人品之高下, 學術之有無, 以公則或取其文筆之不精, 或取其姓名之甚僻者, 於是焉視科爲倖進之階, 士以不修學文, 閑雜之輩, 亦皆曰可赴, 百弊, 層生, 向焉而猶能自具試紙, 改名而疊呈, 今焉而符同下隸, 竊取他人之試券, 弄奸於封內者, 不一其端則不惟士子之或然, 下屬輩之族戚, 尤其容易故近年賤人之多參榜眼, 職由於此, 其釘云連璧者, 類多出於名字之換弄, 甚至有改其父名而連中者, 且夫搭護之服, 乍行旋廢而其弊則貽害無窮, 家藏一件, 看作應擧之服, 其與下隸, 比肩而曾不以恥, 此由名分之斁亂而廉防之掃地之釘致也. 將欲加誅則不勝其誅而至於宋金諸人而現發則人之歸之以不幸者, 豈不以在前之取士也. 不以其道而以至於此乎. 大抵, 科擧者, 國家取人之具也, 士子發身之階也. 苟不以道黜陟則倖圖富貴, 人之情也. 孰能自守, 孰不欲妄于天恩. 以是言之, 近日應擧者, 都是而卓犖奇偉之士, 曾不與也, 何從而取人乎, 以臣愚見, 爲令捄弊者, 取科, 雖不能盡復古規, 凡係近年冒參者, 盡行追削, 自後無文筆者, 不許赴擧, 非士類者, 不許赴擧, 其或有如前冒應者, 施以因上之律, 大加懲創, 亦勿以私惠, 有耵許付, 一令之出, 信如金石而必行不疑則不徒解時人之惑, 其將欲求宋金之輩, 無恥, 亦不可得矣, 何必逐事規察而始無其弊也. 法立而後, 公行, 公行而後, 眞士可得, 得士而後, 國治可望故. 掇拾輿論之莫掩, 畧效將順之一事, 倘蒙采納而施行, 條定律令而毋或違越則百弊之矯捄, 佇見翹足以俟. 臣無任激切屛營之至.

엎드려 생각하옵니다. 신이 과거의 폐해를 상소로 아뢰어 여론을 얻었습니다. 그러나 자신의 의견이 아니면 곧 악인이 악의 도깨비와 같이하고 사람을 쫓음에 쫓기는 도깨비와 같이함과 다름이 없어 공적이 곧 대단한 것이 아닙니다. 하물며 지금 결단코 임금의 신념에서 처분이 엄하므로 감히 다시 입을 놀려서는 안 됩니다. 그러나 여론이 비록 들끓어도 위에서 듣지 않으면 단지 길거리의 논의로 귀결되고, 처분이 비록 엄하나 죄가 죄인에게만 멈추면 그 사람은 그저 운수가 없었다 여기고 악한 마음은 없어지지 않을 것입니다. 이로 말미암아 말한다면 위아래로 넌지시 알려주어 막힘이 없게 하는 것 역시 신하가 장차 잘못된 것을 바로잡는 일입니다. 신이 비록 아둔하나 아직 조정 곁에 있고 이미 그 논의된 바를 알므로 감히 아뢰지 않을 수 없어 누차 말씀드려 어진 임금이 다스리는 세상에서 사람을 잘 취함에 만일(萬一)을 돕고자 합니다.

　오호! 옛날에 과거의 폐해를 논했던 자는 무리가 문예를 깔보고 덕을 행하는 귀한 선비를 숭상하지 않는다며 이를 병으로 여겼습니다. 또한 재주를 앞세우는 무리가 함부로 분분하게 다투어 나오는 것을 항상 수치스럽게 여겼습니다. 그러나 지금 과거의 폐해는 문예와 덕행의 숭상이 사라짐은 물론이거니와 과거 때마다 대중의 마음이 상처를 받는 데 있습니다. 무엇인가 하면 사적으로는 인품의 고하, 학술의 유무를 논하지 않고, 공적으로는 혹 문필이 세밀하지 않거나 혹 그 성명(姓名)이 심히 후미져도 취합니다. 이에 과거 보기를 요행히 나아가는 계단으로 알아서 선비는 학문을 닦지 않고, 한잡한 무리 역시 모두 나아갈 수 있다 해서 백 가지 폐가 충충이 생깁니다.

예전에는 능히 스스로 시험지를 채울 수 있으면서 이름을 바꾸어 중복 제출을 했습니다. 지금은 하인과 짜고 타인의 시험지를 몰래 취해 봉투 안에 농간을 부립니다. 그 단서가 하나가 아닌즉 단지 선비가 혹 그러한 것이 아니라 하속배의 친척이 더욱 쉽게 그러합니다. 그러므로 근년 천인(賤人)이 2등 합격자에 많이 들어가는 것은 이 때문입니다.

이른바 형제가 동시에 과거에 급제하는 일은 그 부류가 대개 이름자의 환롱에서 나오는 것입니다. 심지어 그 아비의 이름을 바꾸어 잇달아 합격하는 자도 있습니다. 또한 무릇 문관이 입는 복장이 갑자기 폐지되어서 그 폐해가 무궁합니다. 자기 집에 있는 물건 하나를 과거에 응시하는 복장으로 삼아서 하인과 어깨를 나란히 하면서도 일찍이 부끄러워하지 않습니다. 이는 명분의 혼란에서 비롯된 것이고, 염치없는 일을 막는 일이 흔적도 없이 사라져 그렇게 된 것입니다. 장차 형벌을 더하고자 한다면 그 형벌을 견뎌내지 못할 것입니다. 그러나 송금(宋金)[34] 같은 이들이 발각되면 이를 불행에 돌립니다. 어찌 예전과 같이 선비의 취함을 그 도(道)로써 하지 않아 여기에 이른 것이란 말입니까?

대저 과거라 함은 국가가 사람을 취하는 도구이고, 선비가 영예를 얻는 계단입니다. 만약 도(道)로써 등용과 추출을 하지 않으면

---

34 화본 소설에 나오는 송대 상인. 문인 기질이 있으나 유약하다.

요행히 부귀를 도모함이 사람의 심정입니다. 누가 능히 스스로 지키고 누가 임금의 은덕을 망령되이 범하려 하지 않겠습니까? 이것으로 말하건대 근일 과거에 응시하는 자는 모두 두드러지게 뛰어나고 훌륭한 선비입니다. 일찍이 이같이 하지 않고 무엇을 좇아 사람을 취하겠습니까?

신의 어리석은 의견으로는 지금 폐단을 바로잡아 과거를 취함에 비록 예전 법규를 모두 회복할 수 없다 해도 무릇 근년 함부로 관계된 자는 모두 관직을 박탈하고, 이후로는 문필(文筆)이 없는 자는 과거 응시를 허가하지 말고, 사류(士類)가 아닌 자도 과거 응시를 허가하지 말아야 합니다. 혹 여전히 함부로 응시하는 자가 있으면 임금을 속인 죄로 법률을 시행해 크게 징벌해 잘못을 깨우치게 해야 합니다. 또한 사적인 은혜로 허가하는 일이 있어서는 안 되고, 한 번 명령이 나가면 믿음이 금석과 같아 반드시 의심 없이 행해야 합니다. 그러면 당대 사람들에게 의혹이 없어지고 장차 송금(宋金)을 추구하는 무리가 부끄럼 없이 또한 그렇게 할 수 없을 것입니다.

어찌 반드시 일을 좇아 살펴서 비로소 그 폐가 없겠습니까? 법이 세워진 후에 공(公)이 행해지고, 공이 행해진 후에 곧은 선비를 얻을 수 있습니다. 선비를 얻은 후에 나라의 다스려짐을 가히 바랄 수 있습니다. 그러므로 여론을 거두어 모아 숨기지 않으면 대략 뜻을 받들어 순종하는 효과를 얻습니다. 만약 채택되어 시행하고, 조항별로 율령(律令)을 정해 어기지 못하게 하면 백 가지 폐단이 고쳐질 것이며, 이는 머물러 서서 발꿈치를 딛고 기다리면서 볼 수 있을 것입니다. 신이 다른 임무 없이 두려워하며 간절히 바람이 지극합니다.

11 辭錦伯疏 충청도 관찰사를 사양하는 상소

伏以, 惟我明成皇后, 因封, 禮畢, 卒哭, 制闋, 聖衷之悲悼, 益切, 睿孝之
罔極, 復新, 凡爲臣子者, 孰不感淚, 被面冤恨, 塞臆哉. 伏念臣, 況以天家懿
親之末屬, 適待罪于錦臬逖違蟲班, 未伸螘忱, 其叮痛迫惶蹙, 尤覺雪涕交
順, 心神隕越, 不能自乏, 今臣, 職忝觀察, 久叨冒居, 承流, 無術, 報涓, 蔑效,
寢夢, 猶驚, 食息, 靡寧, 矧今睠玆湖西, 纔經東匪之驛騷, 又値西成之歉荒,
澤鴻, 胥嗷, 涸鮒, 難救, 眹畝, 溢艱難之色, 閭里, 多怨咨之聲, 管下諸郡, 無
處不然, 臣愚, 一念耿耿在此, 素以千不似萬不似之賤品庸才, 其何能拯濟
溝壑之命而獲免淵氷之懼哉. 臣方犬馬之齒, 今已及耆, 衰朽, 轉極, 百疾,
交侵, 雖欲勉竭疲駑, 氣力, 不堪强策, 尤不合於陛下委畀之重而臣今虛糜
蹲仍, 居然糓再升而苽將熟矣. 仰愧俯怍, 臣叮難堪, 强顏忍恥, 人謂斯何,
伏乞皇上天地父母, 特回日月之普照, 曲垂河海之洪涵, 將臣叮帶之喞, 亟
命鐫改, 以授可堪之人則湖民, 幸甚, 愚分, 幸甚, 臣無任瞻天望雲, 祈懇屛
營之至.

엎드려 생각하옵니다. 오직 우리 명성황후(明成皇后)의 국장 예식을 끝냈습니다. 졸곡(卒哭)[35] 제사와 삼년상을 마친 후 임금의 마음으로부터의 슬픔이 더욱 애절하고, 황태자의 효심이 다시 새롭습니다. 무릇 신하된 자 누가 눈물을 흘리지 않으며 원한에 막막해하지 않겠습니까?

엎드려 생각하옵니다. 신은 하물며 왕가의 가까운 친척 중 말단으로서 마침 충청도 감영 문 말뚝에서 처벌을 기다리고 있었습니다. 멀리 떨어져 있는 신반(蜃班)으로 보잘것없는 정성을 펴지 못해 그 고통스러움이 절박하고 황송했습니다. 더욱 눈물을 씻어 내리며 몸과 마음이 무너져 스스로 안정할 수 없었습니다.

지금 신에게 관찰의 직이 더하여졌습니다. 오랫동안 바라기를 감히 거하여 받들어 흐르게 하려 하였으나 방법이 없었고, 보답하여 흐르게 하려 하였으나 효과가 없었습니다. 잠자면서 꿈에 놀랐고, 먹고 휴식함에 편안하지 못했습니다. 하물며 지금 이 호서 지역을 돌아보면 겨우 동비(東匪)[36]의 소란을 지났습니다. 또한 가을철 수확에서 흉년을 만났습니다. 은택이 넓으나 서리들은 시끄럽고, 위급한 이들[37]은 구하기 어렵습니다. 논밭은 더욱 어려운 상태이고, 마을에는 원망과 탄식의 소리가 많습니다. 관하 모든 군에

---

35 민간에서는 삼우제(三虞祭), 왕실의 경우는 오우제(五虞祭)를 지낸 뒤에 무시애곡(無時哀哭)을 끝내기 위하여 지내는 제사.

36 당대에 동학농민군을 적도(賊徒)로 규정하여 지칭한 용어.

37 학부(涸鮒): 학철부어(涸轍鮒魚). 수레바퀴 자국에 괸 물에 있는 붕어라는 뜻으로, 매우 위급한 처지에 있거나 몹시 고단하고 옹색한 사람을 이르는 말.

그렇지 않은 곳이 없습니다.

　신이 어리석으나 마음에 지워지지 않는 한 가지 생각이 여기에 있습니다. 평소에도 천만 부당한 천한 품성과 용렬한 재주로서 어찌 능히 골짜기에 빠진 생명을 구제하여 깊은 못과 얇은 얼음장의 두려움을 면하게 할 수 있겠습니까? 신이 바야흐로 나이를 먹어[38] 지금 이미 일흔에 이르렀습니다. 쇠약함이 전하여 극에 달하고, 백 가지 병이 교대로 생깁니다. 비록 힘쓰고자 하나 피로하고 둔하며, 기력이 강한 채찍을 감당해내지 못합니다. 더욱이 폐하가 맡기는 중책에 합당하지 못합니다. 그리고 신은 지금 빈 껍데기로 쭈그려 앉아 있습니다. 슬그머니 곡식은 다시 올라오고 오이도 장차 익어갈 것입니다. 우러러봐도 부끄럽고 내려다봐도 부끄러우니 신이 감당하기 어려운 바입니다. 두꺼운 얼굴로 치욕을 견디는 것, 이를 사람들이 무엇이라고 말합니까?

　엎드려 비옵니다. 황상(皇上)은 천지의 부모입니다. 특별히 넓고 빛남이 해와 달을 감싸고, 하해(河海)의 넓은 포용력이 굽이쳐 드리웁니다. 장차 신이 지닌 직함을 속히 명하여 바꾸어서 감당할 수 있는 자에게 주십시오. 그러면 호서의 백성에게 크게 다행이고, 어리석은 이의 분수에도 크게 다행입니다. 신이 다른 임무 없이 하늘과 구름을 바라보며 간절히 기원함에 두려움이 지극합니다.

38　견마지치(犬馬之齒): 개나 말처럼 보람없이 헛되게 먹은 나이라는 뜻으로 자기의 나이를 낮추어 일컫는 말.

12 辭掌禮院少卿疏 장례원소경[39]을 사양하는 상소

從二品嘉善大夫掌禮院少卿臣朴齊璟, 誠惶誠恐, 稽首稽首, 謹百拜上言
于統天, 隆運, 肇極, 敦倫, 正聖, 光義, 明功, 大德, 堯峻, 舜徽, 禹謨, 湯敬, 應
命, 立紀, 至化, 神烈, 巍勳, 洪業, 啓基, 宣曆, 乾行, 坤定, 英毅, 弘休, 皇帝陛
下, 伏以, 聖壽彌高, 儼望六旬, 耆社, 盛儀, 追配三聖, 卽我朝五百年四有之
慶, 千一運再昌之期, 鮐背之頌, 燕毛之禮, 萬億年無疆之休, 實肇于是, 環
東土肖翹動植, 莫不歡欣鼓舞於和氣中矣, 竊伏念臣, 以至庸極陋, 肇靷蔭
塗, 晩竊科第, 唱名, 匪久, 特蒙隆渥, 布素之賤而忽超玉署, 場屋之餘而遽
厠銀臺, 恩曠同列, 榮溢私門, 每念悚悢, 無以爲報, 千萬不自意特降陞資恩
命, 旋又特進久糜, 少卿旋授, 誤恩殊寵, 蒙被偏隆峻秩華貫, 聯翩榮耀, 未
知螻蟻賤臣何以得此於聖明之世也. 獲擎隕越, 五內震駴, 不覺感淚之被
面而臣今才疎樗櫟, 年迫桑楡, 知識, 本自淺短, 筋力, 近益摧頹, 旅邸樓遑,
雖欲不計鶉濡之刺, 冒參鵷趍之列, 其勢末由, 陛下惻然垂照, 俾臣, 歸伏田
盧, 與樵夫牧叟, 扚手嘔吟, 以涵泳手生成陶甄之澤, 得以全保餘生則從今

---

39 1895년(고종 32) 관제개혁 때 종래의 통례원(通禮院)이 담당하던 궁중의식·조
회의례(朝會儀禮)뿐만 아니라 예조에서 장악하고 있던 제사와 모든 능·종실·
귀족에 관한 사무를 관장하던 관서. 관원으로는 경(卿) 1인, 장례 3인, 주사 8인을
두었는데, 1897년 찬의(贊儀)·상례(相禮)·소경(少卿) 각 1인씩을 증원하였다.

終老之年, 皆陛下賜也, 玆敢疾聲呼籲於父天之下, 伏乞 聖慈, 亟遞臣盯帶之職, 仍治臣瀆擾之罪, 以肅朝綱, 以安私分, 不勝大願, 臣無任瞻天祈懇之至, 謹冒昧以聞.

종2품 가선대부(嘉善大夫) 장례원소경(掌禮院少卿) 신 박제경(朴齊璟)은 참으로 황공하여 머리를 조아리고 조아려 백 번 절하며 통천(統天) 융운(隆運) 조극(肇極) 돈륜(敦倫) 정성(正聖) 광의(光義) 명공(明功) 대덕(大德) 요준(堯峻) 순휘(舜徽) 우모(禹謨) 탕경(湯敬) 응명(應命) 입기(立紀) 지화(至化) 신렬(神烈) 외훈(巍勳) 홍업(洪業) 계기(啓基) 선력(宣曆) 건행(乾行) 곤정(坤定) 영의(英毅) 홍휴(弘休) 황제 폐하에게 말씀을 올립니다.

엎드려 생각하옵니다. 전하의 나이가 높이 차서 삼가 육순(六旬)을 바라보며 기로소에서 성대하게 의식을 치루고, 세 성인을 추향하였습니다. 즉 우리 조선조 504년의 경사입니다. 천 번에 한 번 있는 운으로 다시 번창할 기회입니다. 나이 많은 이[40]에 대한 송축, 머리카락의 색깔로 차례를 정하는 예절, 만억(萬億) 년 끝이 없는 아름다움이 실로 여기에서 시작됩니다. 동쪽의 땅을 둘러싸고 크고 작은 동식물이 모두 온화한 기운 중에 환영하고 흠모하며 춤을 춥니다.

삼가 엎드려 생각하옵니다. 신은 지극히 용렬하고 극히 비루하며, 처음에 음관의 벼슬길에 멈추어 있다가 뒤늦게 슬그머니 과거에 급제하여 이름 부름 받지 못한 지 오래되었습니다. 그런데 특별히 융성한 은혜를 받아 평범한 옷을 입은 천한 사람이나 홀연히

---

40 태배(鮐背): 나이가 아주 많은 노인. 나이가 많은 노인은 살이 여위어 피부에 복[鮐]의 무늬 같은 검은 점이 생기기 때문에 나온 말임.

홍문관으로 올라갔습니다. 과거시험장[41]의 여분이었으나 갑자기 승정원에 섞여 들어갔습니다. 은혜 덕분에 동렬(同列)로 넓혀진 것입니다. 영예가 사문(私門)에 넘쳐났습니다. 매번 황송하게 생각하였으나 보답할 수 없었습니다.

그런데 천만뜻밖에 특별히 품계를 올리라는 은혜로운 명을 내려주셨습니다. 하물며 또한 특별히 특진(特進)에 오래 묶어두고, 소경(少卿)을 만들어주셨으니, 잘못된 은혜와 특별한 총애를 받고 편벽되이 융성합니다. 높고 화려한 벼슬이 잇따라 영광스럽게 펄럭이니 보잘것없이[42] 미천한 신이 어찌 이 성명(聖明)의 세상에서 이것을 얻을 수 있었는지 모르겠습니다.

양손이 무너지고, 오장이 떨리고 놀라 눈물이 얼굴을 적시는 것을 느끼지 못했습니다. 그러나 신의 지금 재주는 서투르고, 쓸모 없습니다[43]. 나이는 만년[44]에 다다랐고, 지식은 본래 스스로 얕고 짧습니다. 근력(筋力)은 근래 더욱 쇠퇴하였고, 여행하는 여관에서도 몸 붙여 살 곳이 없습니다. 비록 두견새가 물에 젖어 어지러움을 고려하지 않고, 원추새의 이동 대열에 참여하고자 하나 그나마

---

41 장옥(場屋): 과거 시험장의 햇볕이나 비를 피하고자 설치한 시설물로써 과거 시험장을 의미함.
42 누의(螻蟻): 땅강아지와 개미. 보잘것없는 것의 비유.
43 저력(樗櫟): 樗櫟之材(저력지재). ① 참나무와 가죽나무의 재목(材木)이라는 뜻으로, 쓸데없는 물건(物件)이나 무능(無能)한 사람을 두고 이르는 말, ② 자기의 겸칭(謙稱).
44 상유(桑楡): 뽕나무와 느릅나무로, 지는 해가 이들 나무의 가지에 걸린다고 하여 저녁을 가리키며 끝 단계나 만년을 비유함.

할 수 없었습니다.

폐하가 측은하게 여기시고 지시를 내리셔서 신으로 하여금 시골집으로 돌아가 나무꾼, 소 기르는 노인들과 함께 손뼉 치며 노래하게 하셨습니다. 질그릇[45]을 만드는 은택 안에서 자맥질함으로써 여생을 온전히 보전할 수 있게 되었으니 이제부터 죽을 때까지의 인생은 모두 폐하가 주신 것입니다. 이에 감히 아버지 하늘 아래 큰 소리를 냅니다. 엎드려 바라옵건대 성자(聖慈)시어, 속히 신이 지닌 직함을 바꾸어, 그것으로 신의 버릇없고 요란한 죄를 다스려 조정의 기강을 바로잡고 사적인 분수를 안정시키시기를 크게 원하옵니다. 신이 다른 임무 없이 하늘을 바라보며 간절히 기원함이 지극하여 삼가 사리를 따지지 않고 무턱대고 아뢰옵니다.

---

45 도견(陶甄): 도공(陶工)이 녹로(轆轤)를 돌려서 각종 질그릇을 잘 만들어내는 것처럼, 성군(聖君)이 선정을 펼쳐 천하를 잘 다스리는 것을 비유하는 말.

13 辭宮內府特進官疏 궁내부특진관[46] 사직 상소

從二品嘉善大夫宮內府特進官臣某, 誠惶誠恐, 稽首稽首, 謹百拜上言于統天, 隆運, 肇極, 敦倫, 正聖, 光義, 明功, 大德, 堯峻, 舜徽, 禹謨, 湯敬, 應命, 立紀, 至化, 神烈, 巍勳, 洪業, 啓基, 宣曆, 乾行, 坤定, 英毅, 弘休, 皇帝陛下, 伏以, 皇穹篤佑, 聖壽, 光躋於望六, 耆社, 有典, 先烈, 遹追於配三, 卽我五百年四有之慶而天家萬億年無疆之休, 實基于此, 小大歡忭, 率善, 同情, 仍伏念臣, 謏才魯鈍, 已叨軒裳之位而誤恩, 鄭重, 屢冒特進之命, 受恩以來, 洞屬夙夜, 荏苒時日塵刹, 蔑效, 罅漏, 靡補, 負乘之誠, 常存, 繫帶之襪, 尙遲, 揆以廉防, 亦云稽矣. 臣雖愚昧, 稍知在梁之刺, 蹲池之譏而其何敢悟若久據, 不思旵以宛辟於防賢之路乎. 玆敢疾聲仰籲於父天之下, 伏乞聖明, 俯垂鑑諒, 亟遞臣叮帶之職, 仍治臣瀆擾之罪, 以重公揀, 以安私分, 不勝幸甚, 臣無任瞻天祈懇之至, 謹冒昧以聞.

---

46 조선 말기의 궁내부 관리. 1895년(고종 32) 5월에 신설되었으며, 칙임관(勅任官)으로 보(補)하였다. 왕실의 전례(典禮)·의식(儀式)에 관한 일을 포함하여 왕실사무에 대한 왕의 자문에 응하였다. 정원은 16인 이하였고, 봉급은 지불하지 않았다. 같은 해 11월 정원은 15인 이내로 축소 조정되었으며, 1905년 4월부터 봉급도 지불되었다.

종2품 가선대부(嘉善大夫) 궁내부특진관(宮內府特進官) 신 아무개는 참으로 황공하여 머리를 조아리고 조아려 백 번 절하며 통천(統天) 융운(隆運) 조극(肇極) 돈륜(敦倫) 정성(正聖) 광의(光義) 명공(明功) 대덕(大德) 요준(堯峻) 순휘(舜徽) 우모(禹謨) 탕경(湯敬) 응명(應命) 입기(立紀) 지화(至化) 신렬(神烈) 외훈(巍勳) 홍업(洪業) 계기(啓基) 선력(宣曆) 건행(乾行) 곤정(坤定) 영의(英毅) 홍휴(弘休) 황제 폐하에게 말씀을 올립니다.

엎드려 생각하옵니다. 황궁(皇穹)이 돈독하게 보우하사 전하의 나이가 육순을 바라보게 되었습니다. 기로소(耆老所)[47]에는 법전이 있고, 선조의 공적은 이에 추향됨이 셋이니 우리 504년의 경사입니다. 그리고 천가(天家) 만억 년 끝없는 아름다움이 실로 여기에 기반하고 있습니다. 크든 작든 환영하고 기뻐하며, 온 천하가 동정(同情)합니다.

이에 엎드려 생각하옵니다. 신은 재주가 모자라며 어리석고 둔합니다. 그런데도 고관이 타는 수레와 복장을 탐했습니다. 그리고 잘못된 은혜가 정중하여 누차 특진(特進)의 명을 받았습니다. 은혜를 받은 이래 밤낮으로 공경하였고, 차츰차츰 세월이 지나감에 티끌 같은 세계가 무의미해 보였습니다. 적용되는 기준에 모자라도 보완하지 못하고, 수레에 오르는 경계가 항상 존재했습니다.

---

47 조선 시대에, 70세가 넘는 정2품 이상의 문관들을 예우하기 위하여 설치한 기구. 태조 3년(1394)에 설치하여 영조 41년(1765)에 독립 관서가 되었고, 이때부터 임금도 참여하였다.

가죽 띠를 벗기에 여전히 더디었습니다. 염치없는 일을 못하게 하는 것으로 헤아려 역시 머물러 있다고 말할 수 있습니다.

신이 비록 우매하나 (분수에 맞지 않게) 들보에 있기에 생기는 어지러움, 연못에 쭈그리고 있는 비웃음은 조금 압니다. 그리고 어진 이의 길을 막아온 사람으로 감히 어찌 오랫동안 의지해온 것을 편안하게 여기겠습니까? 이에 감히 아버지 하늘 아래 큰 소리를 냅니다. 엎드려 바라옵건대 성명(聖明)이시여, 내려다보시고 살피셔서 속히 신이 지닌 직함을 바꾸어, 그것으로 신의 버릇없고 요란한 죄를 다스려 공적인 분별을 중히 하시고 사적인 분수를 안정시켜 다행함으로 삼기를 간청합니다. 신이 다른 임무 없이 하늘을 바라보며 간절히 기원함이 지극하여 삼가 사리를 따지지 않고 무턱대고 아뢰옵니다.

14 辭吏判疏 이조판서를 사양하는 상소

伏以臣, 本以文質無當之材, 偏蒙聖朝, 時達之知, 輥晉冥升, 徧歷淸華, 衰然廁上卿之列, 邇來華誥, 聯翩, 殆束筍如也. 居常愧懍, 如集于木, 不意茲者, 天官復授之命, 忽下千萬夢想之外, 臣, 於是, 惶隕兢蹙, 措躬無地, 通宵繞壁, 范然不知爲計也. 夫是職, 卽固之冢宰, 權衡人物, 激揚流品, 責任之重, 地望之隆, 最稱一代之峻選則固非臣等輩, 玎可擬議, 況臣, 性本疎迂, 才又綿薄, 初無尺寸之資, 又蔑絲粟之補而特荷簡援之恩, 濫致非分之職, 從前薄試, 上不能對揚喊化, 下不能稱愜物情, 不無債誤之罪而倘微我聖上, 天地包容之量, 父母慈育之恩, 臣何以獲免大戾乎. 旋卽恩遞之後, 竊自謂駑力, 旣竭驢技, 已殫, 區區臣計, 惟在於閑官散秩, 庶幾歌咏聖澤, 以圖不報之報而已. 豈料惟簡之命, 復及蔑效之身哉. 噫, 臣之玎是任也, 已歲計則不遇四載而除命之辱, 今至再遭矣. 前後特授, 有若非臣, 莫可者然, 臣身不稱之實, 固無足論, 堂堂淸朝, 羣彥霧列, 其難之任, 偏匪其人, 豈不貽四方之譏而累則哲之明乎. 臣玎以怵然戰懼, 寤寐不寧, 反復揣量, 末由承膺, 茲敢隨牌枝詣, 冒控情懇, 伏乞聖慈, 俯賜矜察, 亟命枚還新授銓銜, 以重名器, 以安私分, 不勝大願云云.

엎드려 생각하옵니다. 신은 본래 겉모양과 본바탕이 적합하지 않은 자질로 당대 왕조에서 특별한 부름을 편벽되이 받아 속히 나아가고 드러나지 않은 채 올라가 맑고 화려한 직함을 두루 경험하였습니다. 이러한 것들이 모여 판서에 버금가는 대열에까지 올랐습니다. 그동안 봉호를 내린 조서가 줄지어 선 것이 자못 죽순을 묶어놓은 것처럼 많습니다.

거함에 항상 부끄럽고 위태하여 나무에 오른 것 같았습니다. 갑자기 이때 이조판서에 다시 임명한다는 명령이 홀연히 내려졌습니다. 천만 꿈에도 생각하지 못한 일입니다. 신은 이에 황송하고 두려워 무너지고 위축되었습니다. 몸을 가눌 수가 없었습니다. 밤새 벽 앞을 왔다갔다 생각해봐도 망연(茫然)하여 어찌할 바를 알지 못했습니다.

무릇 이 자리는 옛날의 총재(冢宰)[48]입니다. 인물을 저울질하고, 품계를 올리고 내리는 자리로 책임이 중하며 지위와 명망이 융성해야 하며 한 시대의 엄준한 선발로 불립니다. 그러므로 신 등의 무리가 가히 논의할 수 있는 것이 아닙니다. 하물며 신은 성정이 본래 우활하고 재주 또한 없어서 애초 한 치의 자질도 없었습니다. 또한 조금의 보탬도 되지 못합니다. 특히 여러 사람 중 뽑히는 은혜를 받았으니 분수에 넘쳐 맞지 않는 자리입니다.

전부터 시험 성적이 안 좋았고, 위로는 빛나는 교화를 받들어

---

48 중국 주(周)나라의 관명으로서, 백관의 장(長)이 되는 재상을 말함. 이조판서를 의미함.

널리 알리지 못하고, 아래로는 물정에 합당하다고 할 수도 없어 분패의 근심이 없지 않습니다. 그러나 빼어나고 정교한 우리 성상(聖上)의, 천지를 포용하는 아량과 부모의 자애로운 훈육의 은혜에 신이 어찌 크게 울지 않을 수 있겠습니까? 돌아서니 은혜가 갈마든 후입니다. 마음속으로 스스로 말하기를 둔한 말의 힘은 이미 다했으며, 나귀의 재주도 이미 다하였습니다. 구구한 신의 바람은 오직 한산한 관직에 있으면서 임금의 은택을 읊조리며 갚지 못한 보답을 도모하는 데 있을 뿐입니다. 어찌 간택의 명이 다시 본받을 것 없는 몸에 미치리라고 생각했겠습니까?

아! 신이 한산한 관직을 바란 것이 햇수로는 불과 4년입니다만, 이렇게 다시 어려운 자리에 불려 오고 말았습니다. 마치 신이 할 수 있다고 생각하셨습니다만, 그러나 신의 몸은 이에 모자라는 실상입니다. 진실로 족히 논할 것이 없습니다. 당당한 청조와 안개처럼 늘어선 여러 선비로 어려운 자리입니다. 적당한 사람이 아니라면 어찌 사방의 조롱을 받지 아니하겠습니까? 누차 계속되면 생각의 밝음이겠습니까?

신은 두려워 떨립니다. 잠자리에 누워도 편안하지 않습니다. 반복해서 헤아려보아도 마음에 담을 이유가 없습니다. 이에 감히 패(牌)를 따라 나아가 감히 간청을 드립니다. 엎드려 빌건대 성자(聖慈)시여, 구부려 살펴 불쌍히 여기시어 속히 명하여 직함의 선발을 거두어 새로 임명하십시오. 그래서 명분과 도구를 중하게 하시고 사적인 분수를 안정되이 하십시오. 크게 바라는 바입니다.

15 辭北伯疏 함경도관찰사를 사양하는 상소

伏以臣, 聞有國之貯重, 莫先於藩任而藩任之治否, 實係於得人故, 我朝之設官命職, 最峻藩任之簡, 藩任之中, 尤以北藩, 爲最, 歷屢往牒, 可按而稽也. 今玆新命, 胡爲而及於臣也. 臣, 聞命惶懍, 歷屢日而不省措躬之貯矣. 方維重寄, 何地不然而此地, 卽周之漆陬, 漢之豊沛, 王業之貯由基也. 上奉寢廟, 陪護爲重, 加之關嶺要衝, 壤接靺鞨, 控禦之策, 振古爲難, 近又屢經歉荒, 無望蘇醒, 六鎭逃戶, 刷還, 爲急, 新港交市, 接應, 尤劇, 此時此任, 必須一代之交武全才, 苟不得其人, 關防, 以之疎虞, 民生, 靡貯奠安, 顧其關係, 爲如何哉. 念臣, 才本鈍滯, 百無肯似而偏蒙我聖上拂拭之恩, 輥晉冥升, 濫躋八座之列, 邇來華誥, 聯翩, 殆束筍如也. 適忝保護之任, 猶以趍走, 爲恭, 心嘗惡蹙. 恐招四方之譏而況是任, 豈如臣非才, 貯可擬議者乎. 夫詢民疾苦, 宣上恩德, 刺史之事, 臣其能乎. 廉視一路, 彈壓列郡刺史之職, 臣其能乎. 臣於數者, 無一可能而饕榮慕寵冒進不已. 終至上孤聖簡, 下缺輿情則臣身良貝, 猶屬第二聲耳. 況臣年衰病痼, 精力, 不逮, 一家事, 爲尙難管檢堆牒劇務, 亦何以剖決無滯如眼明手快者爲乎. 古人有言曰監司, 非其人, 不能究惠澤, 一方, 受其害, 臣非其人害將何歸, 反復揣量, 萬無堪承之望, 玆敢臚實控籲, 仰瀆崇巖, 伏乞聖明, 恢聽卑之聰, 察由中之懇, 將臣新除藩啣回授望實俱著之人, 以幸民邑, 以全微分, 不勝大願至祝云云.

316

엎드려 생각하옵니다. 나라에 소중한 바는 지방관의 임무보다 앞서는 것이 없고, 지방관이 다스리고 못하고는 실로 사람을 얻는 것과 관계됩니다. 그런 고로 우리 조정에서 관직을 설치하고 명할 때 번임의 선택에 가장 준엄하게 하고, 지방관 중에서도 더욱이 함경도를 으뜸으로 삼습니다. 이는 수차례 역대 여러 기록으로 상고할 수 있습니다.

지금 새로운 명이 어찌 신에게 이르렀습니까? 신이 명을 듣고 황공하고 두려워 며칠간 어찌할 바를 알지 못했습니다. 바야흐로 어느 땅이 무거운 책임이 없다 하겠습니까마는 이 땅은 곧 주(周)나라의 칠(漆)과 빈(豳) 땅이고,[49] 한(漢)나라의 풍패(豊沛)[50]입니다. 왕업(王業)이 기틀을 잡은 곳입니다. 위로 침묘(寢廟)[51]를 받들고, 배로 보호할 정도로 중요합니다. 더해서 산맥에 관계된 요충지로 말갈(靺鞨)과 땅을 접하고 있어 방어책이 시급합니다. 예전에도 어려움이 있었는데 근래에는 더욱이 누차 흉년을 거치면서 소생을 바랄 수 없습니다. 6진(鎭)의 도망간 호(戶)를 쇄환함이 급합니다. 새로운 개항과 교역을 맞아들임에 더욱 번잡합니다.

---

49 주(周)나라 시조(始祖)인 농관(農官) 후직(后稷)의 증손자가 되는 공류(公劉)가 처음 빈(豳) 땅에 나라를 세우고 자기 조상인 후직을 본받아 백성에게 농사를 장려하니, 백성이 모두 잘살게 되었다고 함. 이후 고공단보(古公亶父)에 이르러 다시 빈 땅을 떠나 칠저(漆沮)로 넘어갔다고 함.

50 한 고조 유방의 고향으로 왕조의 발상지라는 뜻.

51 종묘 능원(陵園)의 앞 건물은 묘(廟), 뒤의 건물을 침(寢)이라고 함. 묘에는 조상의 위패(位牌) 또는 목주(木主)를 안치하고 사시(四時)에 제사 지냈으며, 침에는 의관궤장(衣冠几杖)을 비치하였음.

이러한 때에 이 자리는 반드시 모름지기 일대(一代)의 문무를 겸비한 인재로 해야 합니다. 만약 그 사람을 얻지 못하면 변방을 지킴에 소홀해지고, 민생은 편히 살지 못할 것입니다. 그 관계됨이 어떠합니까?

생각하기에 신은 본래 둔하고 비슷하게 닮은 것이 없습니다. 그러나 우리 성상(聖上)의 씻어내리는 은혜를 편벽되이 받아 빨리 나아가 어두운 곳에서 오를 수 있었고, 판서[52]의 대열에까지 넘치게 올랐습니다. 그동안 내리신 봉호의 조서가 줄지어 선 것이 마치 죽순을 묶어놓은 듯 많습니다. 때마침 보호의 자리가 더해져 마치 달아남으로 공손한 듯하였습니다만 마음은 일찍이 부끄럽고 위축되었습니다. 사방의 비웃음을 부를까 두려웠습니다. 그런데 하물며 이 자리는 만약 신이 인재가 아니라면 어찌 가히 논의할 수 있는 바의 것이겠습니까?

무릇 백성의 고통을 묻는 것은 마땅히 임금의 은덕(恩德)이며, 자사(刺史)[53]의 일입니다. 신이 능하겠습니까? 청렴하게 하나의 길을 보고, 열군(列郡) 자사(刺史)의 직을 탄압하는 것에 신이 능하겠습니까? 신은 둘 중에 어느 하나도 가히 능하지 않습니다. 그런데 영예

---

52 팔좌(八座): 조선 시대 6조(六曹)의 정2품 관직인 판서(判書)와 의정부(議政府)의 종1품 관직인 좌찬성(左贊成)과 우찬성(右贊成)을 통칭하는 것으로 판서의 반열에 오르는 것을 이름.

53 고려 시대 외관(外官)의 하나. 성종 14년(995)에 설치되었다가 목종 8년(1005)에 폐지함. 중국의 지방 관직. 한(漢)나라 때에는 민정과 군정의 장관을 겸했으며, 수나라와 당나라 때에는 주지사(州紙事)였음. 송나라 이후에 폐지함.

를 탐하고 총애를 사모해 무릅쓰고 나아가 그치지 않아, 끝내 위로는 임금의 간택을 외롭게 하고, 아래로는 여론에 부족하게 된다면 이 몸이 낭패한 지경에 빠지는 것도 두 번째 소리에 속할 것입니다.

하물며 신의 나이가 쇠약하여 병이 계속되고, 기운이 미치지 못합니다. 일가(一家)의 일은 여전히 단속하기 어렵고, 쌓인 공문과 번거로운 업무를 또한 어찌 판결함에 지체 없이 해서 눈치 빠르고 날래게 처리하는 것처럼 할 수 있겠습니까?

옛날 사람들이 말하기를 감사가 적당한 사람이 아니면 혜택을 궁구할 수 없고, 일방적으로 그 해로움을 받는다고 하였습니다. 신이 그 적당한 사람이 아니니 해로움이 장차 어디로 돌아가겠습니까? 반복해서 헤아려봅니다. 감당하여 계승할 희망이 만무합니다. 이에 감히 사실을 나열하여 감히 간청을 드려 숭엄(崇嚴)함을 더럽히옵나이다. 엎드려 바라옵건대 성명(聖明)이시여! 천한 이의 총명함을 널리 들으십시오. 마음으로부터의 간절함을 살피십시오. 장차 신에게 새로 제수된 지방관의 직함을 되돌려 실로 두드러짐을 갖춘 이에게 주십시오. 그것으로 민읍(民邑)을 다행케 하고, 분수를 온전히 하시면 크게 원함을 이기지 못하겠습니다. 지극히 바라옵니다.

荷江 朴齊璟 연보

연도	왕대	나이	월일	내용
1831	순조 31년	1	11월 12일(이하 음력)	출생.
1835	헌종 원년	5	6월 20일	부친 박인수(朴仁壽) 별세. 부친은 1902년 8월 3일 증2품 내부협판(內部協辦)으로 추증.
1846	헌종 12년	16	3월 19일	조부 박종긍(朴宗兢) 별세. 조부는 1902년 8월 3일 증3품 비서원승(秘書院丞)으로 추증.
1847	헌종 13년	17	12월	진주류씨(晉州柳氏)로 구씨와 관향의 진주와 수리를 담당하는 선공감(繕工監)의 종9품 감역(監役)이었던 류래봉(柳來鳳)의 딸과 혼인.
1854	철종 5년	24	6월	아들 훈양(薰陽) 태어남.
1857	철종 8년	27	8월	아들 시양(薺陽) 태어남.
1863	철종 14년	33	11월	아들 순양(筍陽) 태어남.
1865	고종 2년	35	11월 22일	모친 보성오씨(寶城吳氏) 별세.
1869	고종 6년	39	2월	아들 신양(莘陽) 태어남.
1870	고종 7년	40	윤 10월 8일	관교부사가 이유손(李裕孫)의 바제경을 문학(文學)으로 주천. 이유손은 흥선대원군과 반목, 대립한 인물로 고종의 친정 시기에 영의정을 지내며 개화 정책을 추진한 인물이다. 문학은 세자시강원(世子侍講院)의 정5품 관직으로 세자에게 글을 가르치는 자리이다.
1875	고종 12년	45	8월	예조가 주관하는 1차 과거시험인 초시(初試)에 응시.
1876	고종 13년	46	1월 30일	종9품 관직인 효릉참봉(孝陵參奉)에 임명.
1876	고종 13년	46	2월	2차 과거시험인 복시에서 진사 3등 43위로 오름.
1878	고종 15년	48	6월	정9품 선공감(繕工監) 부봉사(副奉事)로 승진.
1879	고종 16년	49	6월	정8품 상서원(尚瑞院) 부직장(副直長)으로 승진. 상서원은 국왕의 옥새, 옥보 등을 관장하던 관서이다.
1880	고종 17년	50	1월 30일	상서원(尚瑞院) 직장(直長)으로 승진한 뒤 종6품 의영고(義盈庫) 주부(主簿)로 자리를 옮김. 얼마 뒤 정6품 형조좌랑(刑曹佐郎)으로 승진.
1880	고종 17년	50	5월 12일	부태묘도감(祔太廟都監)의 낭청(郎廳)으로 임명돼어 철종비 철인왕후(哲仁王后)의 신주를 효휘전(孝徽殿)에서 종묘로 옮기는 업무를 맡음.

서기	연호	나이	월일	내용
1880	고종 17년	50	7월 29일	정5품 형조전랑(刑曹銓郞)에 임명.
1880	고종 17년	50	8월	딸 이실(李室) 태어나다.
1881	고종 18년	51	4월 7일	영접도감(迎接都監)의 낭청(郎廳)에 임명. 영접도감은 청나라 사신을 맞는 임시 기구이다.
1881	고종 18년	51	7월 12일	종묘서령(宗廟署令)으로 옮김.
1882	고종 19년	52	2월 4일	왕세자(王世子)가 종묘에 배알(謁廟)한 뒤 관계를 시상함. 종묘서령 봄 때 외직(外職)으로 승급(陞給).
1882	고종 19년	52	3월 16일	평안남도 증산 현령(甑山縣令)에 배수.
1882	고종 19년	52	9월 14일	충청우도 면천 군수(沔川郡守)로 승진.
1883	고종 20년	53	6월 24일	이제 민읍 고과하지 않았다는 이조의 수령 평가(降考)로 과면(罷免).
1885	고종 22년	55	3월	전시(殿試)에서 병과(丙科) 35위에 오름. 「국조방목(國朝榜目)」에는 34위로 되어 있다.
1885	고종 22년	55	4월 6일	정5품 홍문관교리(弘文館校理)에 특별 제수.
1885	고종 22년	55	8월 26일	종6품 홍문관부수찬(弘文館副修撰)이 된 뒤 전삼군부(前三軍府)에서 이뤄진 추국(推鞫)에 문사낭청(問事郎廳)으로 참석함.
1886	고종 23년	56	4월 22일	문신겸선전관(文臣兼宣傳官)에 임명되있으나 5월 7일 신병을 이유로 교체를 청하여 윤허받음.
1886	고종 23년	56	5월 26일	중학교수(中學敎授)에 임명되있으나 6월 5일 신병을 이유로 교체를 청하여 윤허받음.
1887	고종 24년	57	1월 3일	종6품 홍문관부교(弘文館副敎)에 임명되었다가 1월 19일 교체됨.
1887	고종 24년	57	10월 19일	남학교수(南學敎授)와 경학원교수(京學院敎授)를 맡음.
1887	고종 24년	57	11월	정3품 사복시정(司僕寺正)이 됨. 사복시(司僕寺)를 설행(設行). 상세는 성균관 유생들에게 과업을 권장하고자 치른 제술시험(製述試驗)이다.
1887	고종 24년	57	12월 16일	경무대에서 열린 경과정시문과(慶科庭試文科)의 독권관(讀券官)이 됨. 독권관은 구술이 천한한 시험 감독관으로 급을 체점하고 우수한 시재(詩才)를 구왕에서 읽는 일을 맡았다.
1888	고종 25년	58	2월 10일	종3품 성균관사성(成均館司成)과 남학교수가 됨. 남학교수직은 8월 24일에 그만두었다.
1889	고종 26년	59	7월 8일	홍문관부응교(弘文館副應敎)에 임명. 다음 날 당시 면외에 있던 경연과 경에 올리나 따르지 않아 교체되었다.

서기	고종년	나이	날짜	내용
1889	고종 26년	59	9월 7일	홍문관수찬(弘文館修撰)에 임명. 다음 날 당시 변방에 있던 박제경에게 숙직 들리와 경연에 참여와 경연에 참예(人番)하도록 하였으나 따르지 않아 교체되었다.
1889	고종 26년	59	12월 18일	경무대에서 열린 알성시(謁聖試)의 독권관이 됨.
1890	고종 27년	60	3월 2일	경무대에서 열린 기로유생(耆老儒生)을 위한 특별과거시험(別殿試)의 독권관이 됨.
1890	고종 27년	60	4월 19일	신정왕후(神貞王后) 국장도감(國葬都監)의 도청(都廳)에 임명. 국장 뒤 9월 13일의 시상에서 어린 말 한 필을 받았고, 품계도 정3품인 통정대부(通政大夫)로 올려졌다.
1890	고종 27년	60	5월 20일	성균관사성(成均館司成)이 됨.
1890	고종 27년	60	6월 25일	정4품 사헌부장령(司憲府掌令)과 종이영군사마(中樞僉軍司馬)가 됨.
1890	고종 27년	60	8월 10일	홍문관교리(弘文館校理)에 임명.
1890	고종 27년	60	9월	정3품 당상관 호조참의(戶曹參議)와 중4품 무관직인 부조군(副漕軍)에 임명.
1891	고종 28년	61	4월 2일	경무대에서 열린 경과시문과(慶科庭試文科)의 독권관이 됨.
1891	고종 28년	61	8월	아들 순양(荀陽)이 사맹(司猛)에 제수되고, 신양(準陽)은 진사시험(進士試)에 합격함.
1891	고종 28년	61	12월 13일	부인 류씨(柳氏) 별세.
1892	고종 29년	62	6월 15일	정3품 당상관 승정원동부승지(同副承旨)에 임명됨.
1893	고종 30년	63	8월 9일	경무대에서 열린 알성문무과(謁聖文武科)의 독권관이 됨.
1893	고종 30년	63	8월 11일	경무대에서 열린 관학유생(館學儒生)을 위한 특별과거시험(別殿試)의 독권관이 됨.
1897	고종 34년	67	2월 24일(이하 양력)	보령군수(保寧郡守)에 임명. 내부대신(內部大臣) 남정철이 임명한이 있었는데, 남정철은 같은 해 고종의 징계(稱帝), 즉 대한제국의 성립을 주도한 인물이다.
1898	고종 35년	68	7월 30일	보령군수 4년째에 대한 백성의 칭송이 자자함.
1899	고종 36년	69	1월 20일	보령군수직에서 물러남. 보령군수 4년째의 2년 동안의 공덕을 인근 지역에서 모두 칭송함.
1902	고종 39년	72	5월 5일	정3품에서 종2품 가선대부(嘉善大夫)로 품계가 올라감(加資).
1902	고종 39년	72	5월 30일	궁내부특진관(宮內府特進官)에 임명.
1902	고종 39년	72	7월 19일	장례원소경(掌禮院少卿)에 임명.

1902	고종39년	72	7월 23일	궁내부특진관(宮內府特進官)에 재차 임명.
1902	고종39년	72	8월 3일	전 장례원소경 박제경의 부친, 조부, 증조부의 추증(追贈)이 이루어짐.
1904	고종41년	74	1월 14일	궁내부특진관에서 물러남.
1908	순종2년	78	3월 25일	내각총리대신(內閣總理大臣) 이완용(李完用)과 법부대신(法部大臣) 조중응(趙重應)이 1907년 11월 18일 죄인 내장에 오른 사람들의 죄명을 벗겨주었는데 박제경이 포함됨.
1910	순종4년	80	8월 24일	정2품 가의대부(嘉義大夫)로 품계가 올라감.
1911		81	12월 10일	별세.

이남종

서울대학교 강사. 서울대 규장각 한국학연구원 책임연구원을 지냈으며, 한국방송통신대학교 중국어문학과 겸임교수, 대만 국립중산대학 중문과 객좌교수를 역임했다. 한국두시학회와 문학이론연구회 회원이다.

이영주

서울대학교 중어중문학과 교수로 서울대 중국어문학연구소 소장, 한시협회 자문위원, 한국두시학회 고문으로 활동 중이다. 한국중국어문학회 회장을 역임했다. 지은 책으로『한자자의론』,『한국시화에 보이는 두시』,『두율분운·완역 두보율시』(공저) 등이 있다.

김종준

청주교육대학교 사회과교육과 조교수. 서울대학교 국사학과와 같은 대학원을 졸업하고 박사학위를 받았다. 서울대 규장각 한국학연구원 선임연구원과 인하대 한국학연구소 HK연구교수를 지낸 바 있다. 지은 책으로『일진회의 문명화론과 친일 활동』,『식민사학과 민족사학의 관학아카데미즘』등이 있다.

서경호

서울대학교 중어중문학과 교수로 자유전공학부 학부장을 맡고 있다. 하버드대학교에서 철학박사 학위를 받았으며 서울대학교 중앙도서관 관장을 역임했다. 한국중국학회 회장과 유네스코 세계기록유산 국제자문회의 자문위원을 지낸 바 있다. 지은 책으로『산해경 연구』,『중국 문학의 발생과 그 변화의 궤적』,『중국 소설사』와 소설『자메이카』등이 있다.

푸른 봄을 삼키다

詩裏收歸草木春

제1판 1쇄 펴낸날 2014년 11월 15일

지은이 | 하강 박제경
엮은이 | 이남종·이영주·김종준·서경호
펴낸이 | 김시연

펴낸곳 | (주)일조각
등록 | 1953년 9월 3일 제300-1953-1호(구: 제1-298호)
주소 | 110-062 서울시 종로구 경희궁길 39
전화 | 734-3545 / 733-8811(편집부)
733-5430 / 733-5431(영업부)
팩스 | 735-9994(편집부) / 738-5857(영업부)
이메일 | ilchokak@hanmail.net
홈페이지 | www.ilchokak.co.kr

ISBN 978-89-337-0686-2 03810
값 30,000원

*편저자와 협의하여 인지를 생략합니다.
*이 도서의 국립중앙도서관 출판시도서목록(CIP)은 서지정보유통지원시스템 홈페이지(http://seoji.nl.go.kr)와 국가자료공동목록시스템(http://www.nl.go.kr/kolisnet)에서 이용하실 수 있습니다.
(CIP제어번호 : CIP2014030651)